JN045424

Ronso Kaigai
MYSTERY
263

〈羽根ペン〉倶楽部の奇妙な事件

Amelia Reynolds Long
The Corpse at the Quill Club

アメリア・レイノルズ・ロング

赤星美樹［訳］

論創社

The Corpse at the Quill Club

1940

by Amelia Reynolds Long

目次

主要登場人物

キャサリン・パイパー（ピーター）……ミステリ作家。〈羽根ペン〉倶楽部の会員
ジョージ・レイバーン……〈羽根ペン〉倶楽部を立ち上げた一人。法律事務所の共同経営者
アルシーア・レイバーン……〈羽根ペン〉倶楽部を立ち上げた一人。ジョージの妻
マーガレット・ヘール……〈羽根ペン〉倶楽部を立ち上げた一人。新聞コラムニスト
セオフィラス・シムズ……〈羽根ペン〉倶楽部の創立会員。食料雑貨店主で日曜学校の校長
マーガリート・イングリッシュ……〈羽根ペン〉倶楽部の創立会員。のちに退会
ハリー・イングリッシュ……医師。マーガリートの夫
モード・タトル……〈羽根ペン〉倶楽部の創立会員。詩人
セオドア・タトル（テディー）……〈羽根ペン〉倶楽部の名誉会員。モードの夫
ルイーズ・カーンズ……〈羽根ペン〉倶楽部の会員。児童小説家で雑誌編集者
ジュディス・ノートン……〈羽根ペン〉倶楽部の会員
ウォレン・デーン……〈羽根ペン〉倶楽部の会員。ジョージ・レイバーンの法律事務所の共同経営者
フランシス・ベレズフォード（フラン）……〈羽根ペン〉倶楽部の会長
ティム・ケント……〈羽根ペン〉倶楽部の会員だったが二年前に自殺
アリス・ミシシッピ・ジャクソン……家事を請け負っている黒人少女
エドワード・トリローニー（テッド）……フィラデルフィア郡検察局の犯罪心理学者
ウォーターズ……州警察の巡査部長

〈羽根ペン〉倶楽部の奇妙な事件

アマチュア文筆家の集まりである〈羽根ペン〉倶楽部を立ち上げた者たちが犯したそもそものまちがいは、会員を募る案内を出したことだった。案内さえ出していなければ、殺人などというごたごたに巻き込まれることはなかっただろうに。

〈羽根ペン〉倶楽部の会員たちのところに中傷の手紙が匿名で届くようになり、「応募」会員の一人で嫌われ者のマーガリート・イングリッシュに疑いの目が向けられた。週末を郊外でみなで一緒に過ごそうという計画に、マーガリートもやってきたので、会員たちの気は重かった。ところが、彼女が死体で発見され、一同は凍りつく。犯人はこの中にいるとしか考えられないではないか。

人気作家ロングが生んだ新しいヒロインの登場です。本書の語り手であり、ミステリ小説家。彼女の名は〝ピーター〟・パイパー。

語り手より

この物語に登場するいかなる人物、またいかなる地名も、架空のものではありません。よって登場人物が、生死にかかわらず実在の人物に似ているとしたら、偶然ではないでしょう。何か文句がおありかしら?

ピーター・パイパー

第一章　事の始まり

　この事件を一冊にまとめてみるわとマーガレットとアルシーアに約束してからというもの、どの時点から書き始めればいいものか考えあぐねている――〈アーリー〉の階段が方向転換する踊り場にある、薄気味悪い緑色の扉のことから書き始めるのがいいだろうか。前を通るたび言い知れぬ悪寒がアルシーアとわたしの頭の皮から背筋にかけて走り、雑用を請け負ってくれていた黒人少女アリスがこの階段を〝白い服の女〟が上り下りするのを見たと言っていたあの扉。それとも、〈アーリー〉が事件の舞台となる二年前の、ティム・ケントが自殺したときからがいいだろうか。変わり者だが才気溢れていたティムは、文筆家として〈羽根ペン〉倶楽部最初で最後の真の逸材なのはまちがいない。何にせよ、出だしとしては、前者では少し遅い気がするし、後者では少し早い気がする。そういうわけで、このどちらでもなく、七月のある木曜日の朝、マーガレット・ヘールが大惨事に見舞われた面持ちでわたしの家の庭に入ってきた時点から始めることにしよう。

「ピート、今、忙しいかしら」と、マーガレットは訊いてきた。

　わたしは盛り土の上で、その下に生えた千鳥草の萎れた花を摘み取っているところだった。片方の足を北に、もう片方を南に向け、しかも、千鳥草は一年草なので三フィート（約九〇センチメートル）ほどにしか成長しないため、わたしは頭を下方向に、体をほぼ二つ折りにして立っていた。それでも、マーガレットの質問が本当に答えを求めていることくらいわかった。

「いいえ」左肘の下からマーガレットを見て、わたしは答えた。「今、行くね」

「あら、いやだ、気をつけて！」盛り土から下りるのに、わたしがさらに体を二、三度、よじらせると、マーガレットは神経質そうに言った。「服が破けちゃう！」

「もう破けるところなんてないよ」わたしは言った。「肩ひもは両方とも、とうのむかしにとれちゃったし。でも、がんばって重力の法則に逆らって、滑り落ちないように下りるよ。とにかくこっちへ来て、ベンチに座って、心に溜めてることを話してごらん」

　この物語を進める前に、あいまいかもしれないわたしの性別について、はっきりさせておこう。わたしの名はキャサリン。ピートではない。けれども、人は名字がパイパーだと、たいていピーターと呼ばれる（ピーター・パイパーはマザー・グースの一つである英国の伝承童謡の主人公）。そして最後は、省略されてピートとなる。それだけの話だ。

　マーガレットは入ってくると、丸太のベンチのわたしの隣に腰を下ろした。彼女の瞳は、わたしの知る誰よりも表情豊かだ。このとき、二つの瞳に表れていたのは、怒りと、傷心と、卑劣な行為への不快感で、その感情は手に取るように伝わってきた。

「ピート」マーガレットは口を開いた。「あなた、探偵小説を書いているでしょ。筆跡については詳しいかしら」

「ちっとも」と、わたしは正直なところを答えた。「詳しいって見栄を張っても罪にはならないと思うけどね。どうして？」

　マーガレットはハンドバッグから封筒を取り出し、わたしに手渡すと、「これ、見て」と語気を強めた。

わたしは封筒を見た。なんの変哲もない封筒だった——安物雑貨店で一二枚入り五セントで買える代物だ。太字で、だが、いかにもごまかしているような筆跡でミス・マーガレット・ヘールと宛名が書かれていた。地元の消印だ。

「中を見てもいいの？」わたしは封筒の表と裏をじっくり観察してから、訊いた。

マーガレットがこくりとうなずいたので、中からタイプライター用紙を一枚引っぱり出した。二〇ほどの支離滅裂な文章で用紙は埋まっていた。封筒の宛名のような手書きでなく、紫色がかった妙なタイプ文字だった。書き出しの挨拶文もなければ、署名もない。

何が書かれていたか、ここでくり返すつもりはないが、とにかく、これまで目にしたことがないほど下品で悪意に満ちた内容だった。マーガレットの些細な弱点や欠点をことごとく連ね、パロマ山天文台（カリフォルニア州パロマ山にある天文台）の最新望遠鏡で見たのかと思うほど、こと細かな書きようだった。おまけに、根も葉もない当てこすりまで二つ、三つ、つけ加えてあった。マーガレットの執筆した記事——彼女は、有能な新聞コラムニストだ——を揶揄したあげく、彼女のことを……いや、これ以上言うのはやめておこう。

「こんなこと書く性悪は」わたしは力を込めて言った。「毒を盛られて死んじゃうべきね。犯人に心当たりはあるの？」

マーガレットはしばらく庭の向こうを見つめていたが、やがてこう答えた。

「言いたくないんだけど、ピート。倶楽部の誰かじゃないかと思ってるの。わたしの書いた記事のことを、こんなふうにひどく攻撃してるから、そんな気がして。新聞の仕事なんて〈羽根ペン〉倶楽部にそぐわないと思ってる人が一人、二人いるから」

マーガレットが誰のことを言いたいのかはわかっていた。五年と少し前に〈羽根ペン〉倶楽部を立ち上げたアルシーア・レイバーンは、アメリカ文学の水準向上のために倶楽部が担う役割について、また、所属する会員が執筆すべき純文学――純文学限定だ――について高い理想を抱いていた（どうして、わたしが入会できたのやら！）。そして、『僕は天使と結婚した』（一九三八年初演の喜歌劇）の歌をいつでも口ずさんでいるアルシーアの夫ジョージ・レイバーンは、いかなるときもアルシーアと意見をともにしていた。だが、調子に乗って突飛なことをしてしまうときもあったとはいえ、アルシーアが理想を貫くために中傷の手紙を送るなどありえない。

「あなたが誰を疑ってるのか、わたしの予想が当たってるとしたら」わたしはマーガレットの顔を見た。「わたしの考えは、ノー。もう一つ言うなら、犯人が倶楽部の誰かだっていうのもまちがってると思う。互いに嫌な思いをしたりさせたりすることもあるかもしれないし、確かにいざこざもなかったとは言わないけど、みんな心の奥底では仲間に対して誠実で、裏切り行為なんてしない。それにわたしはその用紙をさらに目を皿のようにして見ながら、続けた。「これ、タイプライターで打ったんじゃない。ゼラチン版（ゼラチンを用いた印刷版式の総称）の印刷機を使ってる。インクが独特の紫色だし、タイプライターだったら紙の裏に残るはずの句読点の跡がないもの。倶楽部にはゼラチン版の印刷機を持ってる人はいないと思うよ」

マーガレットは救われたような顔をした。が、それも束の間だった。次の瞬間、紛れもない恐怖が彼女の瞳に表れた。

「ゼラチン版ですって！」マーガレットは絶叫した。「ピート、それがどういうことだか気づいてる？　同じものが大量に刷られたかもしれないってことよ。いったい、ほかに誰に送られたのかしら！」

　気づいていた。けれども、マーガレットには気づかないでほしいと願っていた。

「ええ、そうかもしれないけど」わたしは言った。「でも、仲のいい友だちなら、こんなくだらない内容を信じるわけないし、仲の悪い人ならそもそも気に留めない。だから、そんなに心配する必要ないよ」

　たいして慰めになっていないようだった。「口で言うのは簡単だけど」マーガレットは言った。「でも、わたしの身になって考えて。こんな屈辱的なものを友だちみんなが受け取ってたら、どんな気分か」

「怒り狂うかもね。今のあなたみたいに」わたしは本音を言った。「でも、今のわたしはこの事態を第三者の目で見ることができる。そして、あなたが気にしてるのは第三者の反応でしょ。だから、わたしを見れば、第三者が嫌悪感を抱く相手はあなたじゃなくて、こんなもの書いた犯人だってことがわかるはず」

　わたしは手紙をマーガレットに返した。彼女はそれを、うわの空でハンドバッグにしまった。

「どうにかして犯人を突きとめてやるわ」固い決意の口調だった。「突きとめるまでは、全員を疑ってやるから。誰にも止められないわよ。ああ、明日(あした)、〈アーリー〉に行く気分になれないわ。〈アーリー〉に到着して、みんながわたしと顔を合わせるたび……このことを思い出すなんて想像したくないもの」

　そんなわけはないと、わたしはどうにかマーガレットを説得した。そうして帰るころには、彼女はすっかりご機嫌になったとは言わないまでも、安心して、気持ちはいくぶん楽になったようだった。自分の悩みを女友だちと語り合ったとき女性なら誰もが覚える、あの安心感だ。

とはいえ、マーガレットにはそんな手紙は気にするなと言ったものの、わたしも内心は穏やかでなかった。手紙を書いたのはわれらが文筆家集団の中の誰かではないかというマーガレットの憶測に胸はざわついた。この小さな組織は、みなは一人のために、一人はみなのためにといった色合いが濃かったので、こうした裏切り行為に手を染める人間がいるとはとても信じられなかった。だが、いったん疑いが生じると、わたしはそこから抜け出せなくなった。人の心が状況いかんでどれほど腐敗するかを示す格好の例になるかもしれない。

ところが、この日、心を掻き乱す出来事はマーガレットに届いた手紙だけではなかった。午後になり、ジュディス・ノートンがひょっこり姿を見せた。

〈羽根ペン〉倶楽部の中では、ジュディスは何をしでかすかわからない存在だ。さらには、こっそり噂話を楽しむタイプではないかとわたしは睨んでいる。猛烈に好かれるか、ひどく嫌われるかのどちらかで、誰かの目を白黒させられる機会と見れば、労を惜しまずそれを実行に移す、そんな女性だ。

忘れもしない、こんな出来事があった。われらが倶楽部の会員で日曜学校の校長も務める小柄なシムズさんの自宅で朗読会を開いていた夜のこと、ジュディスは主人公の女性が妊娠――未婚のまま――する場面のある小説を披露した。お気の毒に、シムズさんはとてつもなく狼狽し、以後半年、朗読会に参加しなかった。正直なところ、この期間は少しほっとした。というのも、シムズさんが書いてくる小説は、とても文学作品と呼べる代物でなかったからだ。それでもジュディスは、こんな馬鹿げたことはするにしても気のいい女性で、倶楽部の仲間に対しては誰より誠実だった。

「最新ニュース、聞いた？　ピエトロ」玄関ポーチに一つ置いてある椅子にどすんと腰を下ろし、脚を組むと、ジュディスは言った。「アルシーア・レイバーンがマーガリート・イングリッシュを〈アーリー〉に招いたって話」

「あら、招かれてるのは倶楽部の会員だけだと思ってたけど」わたしは口を尖らせて主張した。「だって、イングリッシュ夫人はもう会員じゃないでしょ」

ジュディスは両肩をすくめ、「誰だってそう思ってたよ」と言った。「でも、どうも気が変わったみたい。とにかく、交流を深めるために倶楽部に復帰するわってアルシーアに平然と告げたらしいよ。あたしたちほとんどのことは物書きとして認めてないけどって。それで、みなさん、今週末、レイバーンさんの田舎の農園で過ごすんですってねって、ずばり訊いてきたらしい」

「そんな話、誰から聞いたの」わたしは言った。

「フラン・ベレズフォード」と、ジュディスは答えた。「フランによれば、以前に倶楽部で起こした騒動を考えるとアルシーアだってあたしたちと同じくらいイングリッシュ姉さんに来てほしくないんだけど、なんだかんだと逃げられなくなったらしい。招待しないわけにいかなくなったんだってさ。さもなきゃ、正式に戦争が勃発してたって」

「でも、ときには」わたしの声は憤慨のあまり低くなった。「正当防衛が目的なら、攻撃に出るのもまちがいじゃないよ」

「ファシストみたいな発言はおやめなさい」ジュディスは命令口調で言ったが、その表情を見れば彼女もわたしと同意見なのはわかった。「ところで、ついこのあいだ、その愛しのマーガリート・イングリッシュと偶然会った話、したっけ？」

「いいえ。どんな話？」

「二週間くらい前、町なかでばったり会ったんだ」ジュディスは話し始めた。「で、なんて訊いてきたと思う？　毛が抜けない、お勧めの歯ブラシはないかって言うの」

「おかしな質問ね。歯を磨いてるとき毛を噛んじゃうのかな」

「歯を磨くためじゃなくて」ジュディスはくすくす笑いながら説明した。「髪の毛に使うんだって。髪を染めるのに美容院で五ドルも払いたくないんだってさ。染料かなんかをドラッグストアで五〇セントで買ってくれれば、歯ブラシを使って自分で塗れるのにって言うの」

「呆(あき)れた！」わたしは大笑いした。「あけすけにしゃべっちゃうところが、相変わらずのマーガリートさんね」

こうして情けないことに、その日の午後はおしゃべり大会に突入した。話題の中心はもちろんマーガリート・イングリッシュ夫人だ。

ジュディスが帰ってしまったあとも、週末にレイバーン夫妻の田舎の農園〈アーリー〉で催されるわれわれ文筆家のお泊まり会にイングリッシュ夫人もやってくるというジュディスの話が、いつまでも頭から離れなかった。そして、考えれば考えるほど気が重くなった。一年と少し前まで〈羽根ペン〉倶楽部に所属していたイングリッシュ夫人は、快調に動いていたはずのエンジンの内部で異常燃焼を起こしてカンカンと音を立てる、一本のシリンダーのような存在だった。アルシーアとわたしの仲が一時期ぎくしゃくしたのも、イングリッシュ夫人が原因だった。それぞれのところに、相手が出処と思わせる陰口をもってきたのだ。われらが倶楽部の最年長で誰より心優しいカーンズ夫人が離婚寸前だと根も葉もない噂を流したのもイングリッシュ夫人だった。倶楽部で詩の創作を担当する小柄なタトル夫人のことを、上流階級の仲間入りをしたがっていて彼女の夫は妻の浪費ぶりにほとほと手を焼いていると倶楽部の外で言いふらしたのもイングリッシュ夫人だった。最終的に、これらをはじめとする数々の作り話のしっぺ返しを喰らいそうになると、イングリッシュ夫人はわれわれのことを人間としてはまずまずかもしれないけれど文筆家としてはシラミ同然だと言い放ち、そういうわけで退屈で頭がおかしくなりそうだから〈羽根ペン〉倶楽部を退会すると宣言した。最後にこんな平手打ちを喰らわせて、彼女はわれわれのもとを去った。彼女が倶楽部へ復帰する意思を表明した今、われわれが先行きを悲観したとしてもなんの不思議があろうか。

わたしはたまりかねて、アルシーアに電話して訊いてみることにした。状況はジュディスが塗りつぶしていったように本当に黒一色なのだろうか。

「イングリッシュ夫人が今週末〈アーリー〉に来るって、どういうこと?」アルシーアが電話に出るなり、わたしは不躾に訊いた。「本当なの? それとも誰かの見た悪夢?」

「残念ながら本当なのよ、ピート」アルシーアは白状した。「このあいだ、わたしのところに来てね……わたしたちが〈アーリー〉に行くのを知ってて……そのことを根掘り葉掘り訊いてきたのよ。それで、倶楽部に戻ろうかしらなんて言いだして……もう、全員泊まりに来るって話しちゃったあとだったから……だから、誘うしかなかったの。そんな状況、わかるでしょ……ほかにどうすればよかったって言うの」アルシーアは途切れ途切れにしゃべる癖がある。無言の時間を相手に読ませようというわけだ。

「ズドンと撃っちゃえばよかったじゃない」と、わたしはすかさず答えた。「警察には、狂犬病に罹(かか)ってたからって言えばいい」

アルシーアは大笑いした。「まあ、それができたら、さぞおもしろいでしょうね。あの人、すぐにカッとなって滑稽だものね」

「そんなふうに冗談で返せばいいのよ」と、わたしはひと言言わせてもらった。「ジョージはどう思ってるの？」

「何も言わないの」アルシーアは答えた。「ということは、やっぱり快く思っていないんだわ、かわいそうなダーリン！　でも、どうしようもなかったのよ」

「みんなが集まった先で、彼女が何もしでかさないのを祈るばかりね」こうして、わたしが会話を終えようとするのを、アルシーアが遮った。

「ところで、ピート」新たな話題に、アルシーアは秘密めかすように声を潜めた。「あなた、今日、とっ……とっても奇妙な手紙、受け取らなかった？」

「いいえ」と、わたしは答えた。「でも、どんな手紙だか見当はついてる。話を続けて」

思ったとおりだった。マーガレットに届いたのと同じ手紙がアルシーアにも届いていた。

「あんなとんでもないもの、読むなり、びりびりに破いちゃったわ」アルシーアは怒りを露にして言った。「前代未聞の卑劣極まりない悪戯だわ！　でも、あなた、受け取ってないって言ったわよね。なら、どうして知ってるの？」

アルシーアも知っておいたほうがいいだろうと判断し、「マーガレット本人が教えてくれた」と、わたしは答えた。「今朝、届いたって」

「なんですって！」電話機が破裂するかと思った。「お願いだから、あの……あの手紙を本人に送りつけた人間がいるなんて言わないで！」

「いるの」わたしは迷いなく言った。「しかも、ゼラチン版で刷られてたから、いったいどれだけの枚数がばらまかれたことやら。手にした人がみんな、あなたみたいにびりびりに破いてくれればいいんだけど」

「誰だってそうするわよ」アルシーアは、そうに決まっているとばかりに声に力を込めた。「それにしても、こんなことする性根の腐った人ってそもそも誰だと思う?」

「見当もつかない」

第二章　〈羽根ペン〉倶楽部

ここまで書いたところで、読み返してみたが、説明の必要な内容が多すぎるように思えるので、この章はこれまでの背景に割きたいと思う。まず、〈羽根ペン〉倶楽部について。

〈羽根ペン〉倶楽部は何かしら文筆に携わる人たちの小さな同好会で、五年ほど前にアルシーアとジョージ、すなわちレイバーン夫妻とマーガレット・ヘールが立ち上げた。それ以外の創立会員は、アルシーアが地元新聞に募集案内を出して掻き集められた。この企てがまちがいだった紛れもない例は、すでにたっぷり言及したが、まだ言い足りないマーガリート・イングリッシュ夫人、それからセオフィラス・シムズ氏だった――とはいえ、それぞれの理由はまったく違っていたが。それ以降、アルシーアは会員募集に、より慎重になり、加えて、朗読会にあたっては決まりを設けた。

シムズさんは物静かで悪意のない小柄な男性で、週のうち六日は食料雑貨店を、七日目は日曜学校を営んでいた。聞いたことのないような不気味な筋の小説を書いたので、朗読のたび、わたしは困惑した。それだけではない。彼はそうした筋を、同じくらい不気味な言葉遣いで表現した。そういうわけで、朗読会でシムズさんが手を挙げると、みな深いため息をつき、そのあとは自分の椅子にしがみついて顔をこわばらせたのだった。

創立会員にはタトル夫妻もいた。セオドア・タトル氏は文筆家ではなかったが、タトル夫人の夫ということで名誉会員になった。タトル夫人は小鳥のような小柄な女性で、まるで自宅の四方の壁の中だけが自分の世界のすべてのようにふるまっているが、わたしがこれまで読んできた中でも、とりわけ美しい自然詩を書く。

わたしは大学卒業を機に、倶楽部発足二年目に入会した。わたしは探偵小説家だ。そんなことは誰も知らなくてもかまわないけれど。

同じく二年目に入会したのはルイーズ・カーンズ夫人だった。児童小説を創作し、子ども向けのささやかな雑誌の編集者でもあった。タトル夫妻とは年齢が近かったものの、あとの会員と比べるとかなりの年嵩だった。とはいえ、非常に快活で、年齢の差などまったく問題にならないように思えた。また、ジュディス・ノートンも、大学生程度以上の——もしくは以下の——ユーモア小説を書くと宣言して入会した。ほかにも二、三人が入会したが、その後、退会している。

この時点で、女性が会員の四分の三を占めていたが、シムズさんが言っていたようにたいした問題ではなかった。みな「心が偏狭でない」からというのがシムズさんの理由だった(が、彼が具体的に何を言おうとしていたかは、わからずじまいだった)。それでも、三年目に入ると、アルシーアは、彼女が言うところの「男性的視点」がもっと必要だと感じるようになった。こうして、会員の中ではその名の知れた「アルシーアの男狩り作戦」が始まった。

われわれは二人の男性に首輪をかけた。ジョージの法律事務所の共同経営者で、どことなくはにかみ屋の生真面目な青年ウォレン・デーンと、ウォレンの大学生時代からの親友ティム・ケントである。〈羽根ペン〉倶楽部発足当初にアルシーアが掲げた理想に適っていたのは、われわれの中でもティムだけだった。控えめでありながら歯に衣着せぬ物言いをする不思議なティムは、なんでもそつ無くこなし、手に触れるものすべてを奴しい雰囲気にしてしまうような、なかなかお目にかかれないタイプの男性だった。彼はあらゆる場所を訪れ、あらゆるものを見ていた。コッド岬沖の波立つ大海から、過ぎ去りし禁酒法時代に軟石鹸の容器に姿を変えた年代物ウィスキーの樽がずらり並んだ様子まで、その人生において彼の興味を惹かないものはなかった。彼は、このどちらをも題材にして詩を書いた――力強く迫力のある詩は、若き日のメイスフィールド（ジョン・メイスフィールド。一八七八〜一九六七。英国の詩人・作家。一九三〇年から死去まで桂冠詩人）の作品に匹敵したかもしれない。

だがティムは、こうした冒険好きのロマンチストであるにもかかわらず、頭の固いヤンキー特有の現実主義的な面ももっていて、見せかけや意味のない誇示を嫌った。ある晩のこんな出来事を思い出す。誰かが深い考えもなく先祖について語りだした。すると、いつの間にか、われわれのほとんどが、先祖にまつわる自慢話を始めた。ティムはしばらく黙って耳を傾けていたが、やがて頭を上げると、あざけるように灰色の瞳をきらりとさせる以外は、鷹を思わせる肉のない顔はまったくの無表情だった。

「僕は先祖の話はしません」ティムは不愛想に言った。「独立戦争より前になりますが、馬を盗んだ廉(かど)で先祖の一人がコネティカットで縛り首になっているものですから」

この話が事実なのか、それとも、彼なりの方法でわれわれの高慢の鼻をくじこうとしただけなのか、その場にいた誰にもわからなかったが、話題は唐突に変わった。

春になり、倶楽部発足三年目も終わろうとするころ、ティムの様子が変わってきたと感じる会員が現れた。ますます控えめに、口数少なくなり、だが、ユーモアが閃(ひらめ)いたときは、以前と趣が違って際どいほどに冴えていた。たびたびわれわれがせがんだので、ティムはそれまでと変わらず、原稿を書き溜めているお馴染みの茶色いノートから、自作の詩だったりギリシア・ローマの古典文学をおもしろく現代風に翻訳したものだったりを朗読してくれたのだが、ほどなくわれわれは、彼が新しい作品に着手していないのに気づき、首をひねった。ティムのような人に、新たな発想が湧かないことなどありえない気がしたからだ。

冬のあいだにティムは咳をするようになり、イングリッシュ医師——かの有名なマーガリートの夫——の診察を受けていた。とはいえ、ティムの変わってゆく原因といえるほど深刻な病状には思えなかった。加えて彼は、健康問題に悩んで憂鬱になるタイプではなかった。

実を言うと、ティムの咳を本人よりずっと重く受け止めていたのはウォレンだった。わたしが知っているのは一度だけだったが、ウォレンは親友の病状を心配し、イングリッシュ先生のところへこっそり相談に行っていた。だが、先生の答えに安心したようで、それ以降、ティムがときおりひどく咳き込んでも、それまでほど気にする様子は見せなくなった。

三年目は恒例の野外朗読会で締めくくられ、その日、ティムは以前の姿を取り戻した、というより、それ以上になったように思われた。本当の話、われわれの知るティムとは別人のように陽気で、よくしゃべった——ジュディスと軽い冗談を交わし、こうした朗読会につきものの特別な催し物にもすべて参加し、おまけに、ウォレンを生真面目すぎるとちょっぴりからかったりもした。また、冬のあいだはタバコをすっかりやめていたにもかかわらず、パイプを手にしていたのもわたしは見逃さなかった。とにかく、われわれのティムはいつもの彼に戻ったというより、それを通り越してしまったかのようだった。

そして次の日、事件は起こった。

ウォレンが普段より少し遅く仕事から帰宅すると、二人で一緒に借りているアパートのベッドでティムが横になっていた――一見したところ眠っているようだった。こめかみに火薬で縁どられた小さな穴が開き、だらりとなった片方の手から拳銃が落ちているのを除いて。

この出来事を聞き、われわれはみな愕然（がくぜん）とし、体を震わせた。だが、友を失って悲しみに暮れるなかでさえ、一つの疑問が絶えず頭をもたげていた。なぜ、ティムはこんなことをしたのだろうか。

答えはそう簡単に見つからなかった。金銭の問題だろうか。それは考えにくい。彼は人並み以上に成功している建築家だったし、彼に金銭的負担をかけている家族や親戚縁者がいたわけでもなかった。失恋でもしたのだろうか。いや、われわれの知るかぎり、女性に恋心を抱いている様子はなかった。では、健康問題か。いや、この数カ月で健康は回復していた。結局のところ、答えが出ないままにしておくよりほかなかった。

当然ながら、ウォレンは悲しみに沈み、慰めようもなかった。過度に感傷的に聞こえるかもしれないが、二人の関係は兄弟以上といえた。日常で見かけるというより小説で描かれるような、ダモンとピュティアス（ギリシア伝説の哲学者。死刑宣告されたピュティアスの身代わりになってダモンが入獄し、ピュティアスの帰りを待つ。その友情の厚さに僭主ディオニュシオスは二人を放免する）さながらの、珍しいほどの仲の良さだった。

最初のうち、ウォレンはわれわれを避けていた。というより、人であろうが物であろうがティムを思い出させるとなれば、すべてを避けた。それでも、少しずつわれわれのもとへ戻ってきたが、以前にも増してはにかみ屋で生真面目になっていた。

一年という短い期間でわれわれの小さな空を流れ星のごとく煌（きら）めきながら駆け抜け、永遠という漆黒の海の中へ消えてしまって二度と戻らぬ男性について、ここまでページを割いて説明するのは少し妙に思えるかもしれない。けれどもティム・ケントは、これから起こる事件の、背後のきっかけとなった人物だった。殺害されたジュリアス・シーザーの影が、彼の名を題とした戯曲（シェイクスピアの一五九九年ごろの戯曲『ジュリアス・シーザー』）の大半にわたってついて回るように。

いや、こんなふうに美しい言葉を並べて語るのは少し軽率だろう。

倶楽部発足から四年目、新たな会員を一人迎えた。フランシス・ベレズフォードである。フランはイギリス人で、イギリス人特有のあらゆる精神力を備えているが、それに伴いがちな独善的なところはない。洗練され安定した文章を書くだけでなく、生まれながらのリーダーで、大義のために戦う勇士だ。そういうわけで、五年目に入ると、フランは満場一致で〈羽根ペン〉倶楽部の会長に選ばれた。

五年目も終わるころ、アルシーア・レイバーンが、金曜から月曜までたっぷり週末を引き延ばして自分たち夫婦の所有する田舎の農園〈アーリー〉に倶楽部のみなを招待してはどうだろうかと思いついた。執筆だけに集中する週末にして、喧騒と誘惑に満ちた都会生活では用紙にぶつける時間がなかなか見つけられないであろう胸中のいっさいを吐き出してもらうのはどうかというわけだ。この計画にわれわれはみな心惹かれ、全員が手放しで招待を受け入れた。ちびのシムズさんさえも。

身の回りの面倒はアリスが見てくれることになった。われわれの家庭のいくつかの、洗濯を請け負ってくれている黒人の少女だ。フルネームはアリス・ミシシッピ・ジャクソン。彼女なら、われわれ一行に色を添えてくれる――いろいろな意味で――はずだ。「気まぐれ連盟（リーグ・オブ・ノーションズ）（League of Nations〔リーグ・オブ・ネーションズ／国際連盟〕のNationsが黒人特有の発音によってNotionsと聞こえたものと思われる。実際に、国際連盟はLeague of Notionsと批判された）」という言い回しを、ラジオ解説者たちが使い始めるよりずっと前に、わたしは初めてアリスの口から聞いた。しかも、皮肉でそう言ったわけでもなかった。ほかにも、ムッソリーニの名を言うときは、「マッスル（muscleで、「筋肉」の意）＝イニー」と綴るかのように発音した。

こちらのほうが事実を的確に表現しているとわたしは主張したい。

　こうして、週末旅行用のかばんを片方の手に、携帯用タイプライターをもう片方の手に、われわれはいそいそとお泊まり会へと出発し、そこで招かれざる客の死体を発見することになる。

第三章　〈アーリー〉に到着

〈アーリー〉とはレイバーン家の古い屋敷の呼び名で、ジョージの先祖に代々受け継がれてきた。もともとは農場内にあったペンシルバニアの伝統的家屋だったが、農業でなく会社法の職務に従事する道を選んだジョージは農地の大半を売り払い、家屋とそれに面した一部の草地だけを手元に残した。アルシーアと結婚すると、間もなく二人はこの農園を避暑のための別荘に改装し、現在呼ばれているように〈アーリー〔Arlea〕〉と名づけた。最初の二文字はアルシーア・レイバーンの頭文字、「リー（leaは「草地」の意）」の部分は読んで字のとおりである。

屋敷はとてつもなく大きく、四方八方に張り出していた。家の中を便利で快適にしたくてたまらなかったアルシーアは、趣味よく、本来の伝統的なところは残しながら、設備を最新に整えた。そういうわけで、屋内は水道が引かれているけれども、照明にはジョージのお祖父さんの時代のうっとりするような旧式の石油ランプが今なお使われている。この種のペンシルバニアの古い家屋によく見られるように、ここも各階の床に段差がつけられていた。つまり、屋敷の正面側から裏側へ行くときは階段を数段下りなければならない。二階については、一階から階段を三分の二ほど上ったところの踊り場が段差の低い部分となっていた。この踊り場に緑色に塗られた扉があり、開けると大きな部屋が現れた。台所と洗濯場の真上にあたっていた。階段をあと五段上ると主廊下に突き当たり、屋敷の正面側の部屋が並んでいた。

「みなさん、まずはお二階のそれぞれの寝室に行って、楽な服に着替えてきたらどうかしら」全員が到着し、背もたれにキャンバス刺繍が施された椅子が並び、床は手工芸のパイルの敷物で覆われた、古めかしい大きな居間に集められたところで、アルシーアが呼びかけた。「では、みなさんの寝室をお伝えしますね。ピート、あなたとジュディスは階段を上りきったところのお部屋ね。マーガレットとカーンズ夫人は、そのお隣。エードさんと」アルシーアはタトル夫人に顔を向けた。「テディーさんは主廊下の真ん中のお部屋を使ってください。イングリッシュ夫人は脇の廊下の最初にあるお部屋。フランは二番目、シムズさんとウォレンは三番目。これで全員、大丈夫かしら？」

一〇人中九人については大丈夫だった。残った一人はイングリッシュ夫人だ。

「あたくしに何か問題でもあって？」イングリッシュ夫人はわれわれを見下すような目で、語気鋭く言った。「あたくしが伝染病か何かに罹っていて、誰も一緒の部屋になりたくないということかしら」

アルシーアは気まずい顔になり、「ほか……ほかの人と一緒の部屋じゃないのは」と説明を始めた。「イングリッシュ先生が今夜一泊して、明日の朝、町にお戻りになるんじゃないかしらって思って」

「あら、夫は泊まらなくてよ」イングリッシュ夫人は夫に代わって答えた。

「でも、マーガリート」かわいそうに、イングリッシュ先生は優しい口調で妻に反論した。「お前、よそに泊まるときは誰かと同じ部屋になるのを嫌がるじゃないか」

妻の一瞥に、イングリッシュ先生はしゅんとなってしまった。「独りになりたいのと、独りにさせられるのは違うわよ、ハリー」夫人は言い放った。

このやりとりに、みんなの週末が実に幸先よく始まったものだとわたしは思った。

「かわいそうなイングリッシュ先生！」わたしとジュディスが割り当てられた寝室へ入り、普段着のズボンに着替えていると、ジュディスが同情するような声を張りあげた。「よく我慢できるよね」

「二つのうち、どちらかだと思うんだ」わたしは男の子のような短い髪を少しでも皿洗い用モップに見えないようブラシで梳かしながら言った。「『清き人にはすべてのもの清し』（新約聖書「テトスへの手紙」第一章第一五節参照）か、『愛は盲目』か」

「でも、あの女の面構えは生みの親でもないかぎり、とても愛せないよ」ジュディスは自分の見解を言ってのけた。「イングリッシュ先生は生みの親じゃないからね。まあ、冗談は抜きにして、ピエトロ、先生はあんな態度を見せてるけど、奥さんを完璧な女性だと本気で信じてるんだと思う？」

「冗談は抜きにして、そうは思わない」わたしは答えた。「完璧な女性だと信じてるって自分に信じ込ませてるんじゃないかな。下手な買い物をしたときの最善の対処法の一つみたいに――ひたすら現実を見ないの」

ジュディスより早く用意ができたわたしは、先に階段を下りた。踊り場の例の緑色の扉まで来たとき、理由はわからないが頭の皮がぴりぴりして、背筋に沿ってネズミが小さな足で上に下にと追いかけっこしているような感覚に襲われた。わたしはぶるっと体を震わせた。七月の、間もなく正午だというのに。

階段の下の玄関広間にいたアルシーアが顔を上げ、わたしの姿を認めた。

「どうかしたの？　ピート」アルシーアは訊いてきた。

「別に」わたしはこの感覚を振り払おうと、笑って答えた。「ほんの一瞬、寒気がしただけ。それだけ」

アルシーアの顔に思いがけない表情が広がった。「ということは、あなたも気づいたのね！」彼女は慄(おのの)くような調子で、声を半分だけ落として言った。不可思議な現象について話すときに誰もがなる、あの口調だ。「ピート、そこの緑色の扉の前を通ると、わたし、必ず、すごくおかしな気分になるのよ。なんだか……ぞくぞくっとするの」

「きっと、あの扉の向こうで、むかし誰かが殺されたのね」と、わたしは答えてあげた。「人殺しにもってこいの場所に思えるもの」

昼食が終わると、町へ車で戻ろうとしていたイングリッシュ先生が思いもよらぬ贈り物をくれた。

「ここにちょっとしたものを持ってきていましてね。マーガリートと二人で考えたんですよ、妻がこれから過ごすとても楽しい週末の、思い出のお土産になるかもしれないと」そう言いながらイングリッシュ先生は車の後部から書類かばんを出してきた。「ここ数週間、タトル夫人、あなたの秘書の助けをお借りしましてね、倶楽部の未発表の作品を集めていたんです。数日前に、それをうちの秘書に診療所のゼラチン版印刷機で刷らせて、製本して小冊子にしたんですよ。みなさん一人ひとりの代表作といえるものを入れた作品集になったと思っていますよ」

イングリッシュ先生は書類かばんを開け、見るからに立派な小冊子の束を取り出した。一冊ずつ綴じ金で綴じ合わされ、鮮やかな赤の装丁だ。先生が配り始めると、あちこちから驚嘆の声があがった——その中にはイングリッシュ夫人の声もあった。その瞬間まで、彼女がこのことをまったく知らなかったのは明らかだった。

われわれの大半がただ楽しむためだけに書いた原稿をこれだけ集め、〈羽根ペン〉倶楽部五周年記念版とでもいうように一冊にまとめ、イングリッシュ先生にしてみれば、みながこの上なく喜ぶことをしたつもりだったろう。だが、われわれが抱いた思いは、おそらく彼がまったく意図しないものだった。イングリッシュ夫人はここのところ、倶楽部に復帰しようともくろんでいる。イングリッシュ先生は、一年前に自分の妻がわれわれのもとを離れたときの状況を何かしら知っているにせよ、察しているだけにせよ、彼女がすんなり戻れるよう仲直りの印のようなものとしてこれらを作ったのではないだろうか。

それから一時間ほどして、アルシーアが書斎を見せたいともっともらしく言って、わたしをほかの人たちから離れたところへ連れていった。

話を進める前に、この書斎というものを説明しておかなければならない。なぜなら、ここが、のちに重要な役割を果たすのである。それは母屋の裏から右側に一〇〇フィート（約三〇メートル）ほど離れたところに建っていて、もとは古い燻製小屋だった。この手のことに目が利くアルシーアは、すぐさま、執筆活動における聖なる場所にできそうだと踏み、内部をすっかりきれいにしてもらったあと、自分で内壁に水漆喰を施した。そうすることで、灰色がかった真珠のような光沢が出た。一風変わって思えるかもしれないが、それほどでもない。

入り口の間（ま）のような小さな空間を通り抜けると、歴とした書斎が現れた。わたしが絨毯地の古めかしい揺り椅子に陣取ると、アルシーアはソファーベッドとして使っている軍用の簡易寝台の端に乗っかり膝を崩した。そのとき初めてわたしは、アルシーアがイングリッシュ先生からもらった自分の分の小冊子をまだ手にしているのに気がついた。

「ピート」あたかも刑事裁判の証拠物その一のように、アルシーアは芝居めいて小冊子を頭上に掲げた。「この冊子からわかることは？」

「ええ」わたしは答えた。「わかることとは、愛しのマーガリートがまたも〈羽根ペン〉倶楽部をめちゃくちゃにしようともくろんでいるのを少し前に知ったイングリッシュ先生が、計画が少しでもうまくいくようにと……」

ここでわたしは、アルシーアが何を言わんとしているのかに気づき、はっとした。

「ああ、なんてこと！」わたしは愕然として、叫び声をあげた。「ゼラチン版で印刷されてる！」

「そうよ」アルシーアはきっぱり言いきった。「マーガレットを中傷した手紙とおんなじ」

わたしたちは互いの目を見つめ、暗黙の了解をした。

「でも」先に口を開いたのはわたしだった。「マーガレットの知り合いでゼラチン版印刷機を持ってる人は、イングリッシュ先生以外にもいるかも」

「そうね、わたしもそう思うわ」アルシーアは認めた。「でも、マーガリートさんみたいな奥さんをもっている人はそうそういないでしょう。こんなこと言いたくないけど、あの手紙を書いたのはマーガリートさんだと思うの」

「ええ、残念だけど、わたしも」わたしは冷静にうなずいた。「ところで、倶楽部の中で、ほかに誰か、あの手紙を受け取った人がいるか知ってる？」

「フランは受け取ってるわ」アルシーアは答えた。「訊いてみたのよ。でも、やっぱりわたしと同じで、びりびりに破いちゃったって」

「わたしのところには届いてないから」わたしは言った。「タイプ文字を実際に比べてみたいけど、手立てがないな。でも、事実を見れば明らかだから、物的証拠は必要ない。次の質問は、この件について、これからどうするかということ」

「何ができるかしら」アルシーアは質問で返した。「まず、マーガレットに言ってはだめよ。問題がこじれるだけだろうから。マーガリート・イングリッシュに直接何か言ったとしても、あの人、しらばくれるだけでしょうし、大騒ぎになって全員が巻き込まれるかもしれないわ」

　どちらについても、わたしは異議がなかった。

「ピート、わたし、猛烈に腹が立ってる」アルシーアは続けた。「あの人が、ここへ招待しろとジョージとわたしに迫った目的はただ一つ、わたしたちがマーガレットにどんな態度で接するか、マーガレットがわたしたちにどんな態度で接するかを観察するためよ。みんな手紙のことを知ってるって互いにわかっていて、みんな知ってるとマーガレットもわかってるのをみんなも互いに知ってる状況をね……ああ、なんて残酷！　そうでしょ。何が腹立たしいって、打つ手が誰にもまったくないってこと！」

「イングリッシュ夫人を森へピクニックに誘い出して生ゴミと一緒に埋めちゃうのなら、いつだってできる」わたしはおどろおどろしい口調でふざけた。「いえ、『ほかの生ゴミと一緒に』って言うべきかな」

「それができたらどんなにいいかしら！」アルシーアは敵意剝き出しで声を張りあげた。「でもね、考えようによっては、あの人を野放しにしているイングリッシュ先生がいけないと思うの。少なくともある程度は妻が何をしているのか把握しておくべきだわ」

「ときどき思うんだ」わたしは、しかつめ顔で言った。「マーガリート・イングリッシュは精神が侵されてるんじゃないかって。まともな人間だったら、あんなふうに年がら年じゅう意地悪したり、あんなことを思いついたりさえできない気がする」

「だったら、病院に入ってもらいましょ」アルシーアは言い放った。「あの人はやりたい放題やって、周りの人の頭までおかしくなっちゃうなんて納得できないわ」

「ええ、少なくとも、わたしの週末をあの人にめちゃくちゃにされるのだけはご免ですから」実際に感じているよりも激しい口調でわたしは言った。「アルシーア、いずれにしても、当面はこのことを黙っていよう。そして、マーガレットがゼラチン版の事実に気づかないよう、ひたすら祈ろう」

そのあとわたしたちは、二人がいないのをほかの人たちが不審に思ってはいないかとびくびくしながら母屋へ戻った。

しばらくして、わたしがタバコを吸おうと居間へ入っていくと、タトル夫人がいて、見るからに没頭して先ほど受け取った作品集の上に屈み込んでいた。誰の原稿がそんなにおもしろいんですかと訊ねようとしたそのとき、わたしは彼女が何をしているかに気がついた。読んでいるのではなかった。小冊子のタイプ文字と、小冊子の表紙の下にほとんど見えないよう隠した一枚の用紙に並んだタイプ文字とを丹念に見比べているのだった。

その用紙に何が書かれていたのかは、訊ねるまでもなかった。

第四章 「……最善策……」

その日の夕食の席は、嫌な雰囲気が漂いそうな気配がした。何よりもまずイングリッシュ夫人が来たことで、午後は全員が不愉快な気分になっていた。そのあと、夕べに備えて誰もが少々身なりを整えたいと思っていると、イングリッシュ夫人が二階へ上ってゆき、〈アーリー〉に一つしかない洗面所に鍵をかけてこもり、たっぷり一時間半、近寄る者は残らずはねつけた。そういうわけで、夕食は、アリスが支度を終えたあとも少なくとも二〇分間、お預けとなった。

ようやく全員が食卓に着くと、ぴりぴりした空気を感じとったアルシーアが、さっそく波立つ水面を会話という油で鎮めようとした。

「食卓の中央をご覧になって、みなさん」アルシーアは朗らかな声で言った。「すてきでしょ。タトル夫人がうちの庭で摘んだお花でつくってくださったんです」

食卓の中央を飾っている花束をわれわれが口々に愛想よく褒めると、タトル夫人は満足そうに頭をついと上げた。

「みなさん一人ひとりを象徴するお花を一本ずつ入れましたのよ」と、タトル夫人は告げた。「サマーヒヤシンスはマーガレットさん。『ヒヤシンス』という物語をお書きになっていらっしゃいますでしょ。矢車菊(バチェラーズ・ボタン)はウォレンさん——なぜって独身男性(バチェラー)ですからね……」そう言うと、タトル夫人はうわべの微笑みを見せた。「そして、もちろん、おわかりのように立葵（アルシーア）が表すのは――」

「真ん中にある、見苦しい紫色のはなんですの？」イングリッシュ夫人が意地悪な目で、その花をよく見てやろうと前のめりになりながら口を挟んだ。「あたくしには雑草にしか見えませんけど」

タトル夫人はほんのわずか姿勢を正し、「おそらく、ほとんどの人が雑草（ウィード）と思っていらっしゃるわね」と厳かな口調で静かに言った。「ジョー＝パイ・ウィード（和名はフジバカマ）という名ですから」

イングリッシュ夫人を黙らせるにはこれで充分かと思ったが、そうはいかなかった。

「ああ」イングリッシュ夫人特有の、あなた、ひどい人ねと言わんばかりの無神経な調子だった。

「ティム・ケントの詩ってことかしら。この倶楽部、自殺した人も会員でいられるなんて知りませんでしたわ」

ウォレン・デーンがタトル夫人に顔を向けた。「ジョー＝パイも一緒に入れていただいてありがとうございます、タトル夫人」イングリッシュ夫人などいないかのように、ウォレンは言った。「こんなふうに思い出してもらえて、ティムも喜んでいると思います」

イングリッシュ夫人は音こそ出さなかったが、あたかも聞こえてくるように鼻を鳴らす仕草をした。

わたしの隣に座っていたジュディスがわずかにこちらに体を傾け、「モーディーさん、あの女にはキャット・アンド・キトゥンズ（親株の周囲に子株をつける植物の総称 cat-and-kittens。親ネコを子ネコが囲むように見えることから。多く、こうした植物は hen-and-chickens〔親鶏とひよこ〕と呼ばれ、cat-and-kittens はペンシルバニア特有の呼び方のようである）でも持ってくりゃよかったのに」と、特に声を潜めようという様子もなく言った。「ただし、子ネコ（キトゥンズ）ちゃんは取り除いてね（cat には「意地の悪い女」の意味もある）」

ジュディスの声は食卓を囲んでいた全員に、イングリッシュ夫人も含め、聞こえていた。そんなこんなで、場はこれっぽっちも和まなかった。客をもてなす立場として何かしなければと責任を感じたジョージが必死の口調で、セオドア・ドライサー（米国の小説家。一八七一〜一九四五。『シスター・キャリー』など）がアメリカ文学に与えた影響について語り始めた——この話題に、みなつまらなさそうな顔をした。そこで、われわれの誰より自然な気配りができ、生まれながらに思いやりに満ちたカーンズ夫人が、彼女の知る著名な作家一人、二人のおもしろい逸話を披露した。こうして、張りつめていた空気が少しずつほぐれ始め、デザートが出されるころには、ほぼ全員がまともな人間に戻っておしゃべりしたりふるまったりするようになった。

　食事が終わると、アルシーアが少々苦労しながら女性全員と目を合わせ、男性陣にはこのままここでコーヒーとタバコを楽しんでもらい、わたしたちは居間のほうへ退散しましょうと合図を送った。この意味のない古めかしい作法に、わたしは面食らった。なぜなら、われわれの仲間は、男性より女性のほうが喫煙者が多いからだ。

「考えていたんだけど」わたしたちが居間に散らばり腰を下ろすと、アルシーアは口を開いた。「ここでの初日の夕べに、二つ、三つ、作品を朗読するのはどうかしら。言ってみれば……この週末の幕開けの宣言として」アルシーアは問いかけるとき、半分だけ首をかしげる癖がある。とりわけ、自分の提案がどう受け止められるか自信のないときや、ほかの誰かに結論を出してほしいことを言いだすときだ。「モードさんが詩をいくつか、おもちなのよ。それから、ピート、あなたも最新刊を一冊持参すると約束してくれたわね」

「また出したの？」イングリッシュ夫人がわたしをじろりと睨んだ。あたかも、「あらあら！　相も変わらず、この雌ネコが子どもを産み散らかした！」とでも言うように。

「三回目のムカッ腹だわね！」ジュディスは金切り声を出してから、恐れ知らずの顔でわたしに片目をつぶってみせた。「ピエトロ、今回は、あんた、終身刑かもね」
「ええ、そうかも」わたしは答えた。「今度の本は、いきなり表紙で男性を殺したんです」
「まあ、なんてことでしょう！」フランは怯えたふりをして叫んだ。ときおり痛々しいほど淑女然とするタトル夫人は、なるべく顔に出さないよう驚愕した様子を見せ、イングリッシュ夫人はといえば、あからさまに退屈そうな顔で「もう山場は隠されてないってことだわね！　それじゃあ、大傑作を拝見いたしましょ」と言った。

自分の頭脳の産物を溺愛する人がみなそうであるように、わたしもわたしの秘蔵っ子を自ら人目に曝したいとは思わない。本は寝室に置いてあると言って、わたしは二階へそれを取りに向かった。

階段が方向転換する踊り場の、例の緑色の扉の前まで来ると、その日の昼前にここを通ったときと同じ、神経がぴりぴりする奇妙な感覚に襲われた。想像力が暴走しそうな予感がしたとき、それを抑える最善策をわたしは知っている。一、二分間じっとして、最悪を迎えるまで暴走するに任せるのである。そうすれば、小さな悪鬼どもを頭の中からすっかり追い出すことができ、それらを観察してみれば、自分の内面から生まれてきたにすぎないと気づく。やがて、それらは萎んでいって、実に馬鹿げたものに見えてくる。今回も、その策を講じることにした。

この緑色の扉の裏側にずたずたに切り裂かれた死体が五つ、六つ転がっていて、扉の下からねっとりした大量の血がゆっくり滲み出てくるところを想像していたとき、階下の開け放していた居間の出入り口から声が漂ってきて、わたしはわれに返った。いや、正確に言えば、声が聞こえた――イングリッシュ夫人の声だった。

「いいこと」いつもの自己満足に浸った、わたしはこれに詳しいんですといった響きだ。「思うに、ピートは自分の本を出版してもらうためにお金を払ってるんじゃないかしら。ええ、そうに決まっています。本を出すのは出版社でしょ。出版社というのはお金をもらって出版してあげるものですから」

「まあ、そうなんですか」失礼のないよう、だが、言葉を濁すようにアルシーアが言うのが聞こえてきた。「わたしはずっと、そうでなくて……」

　そうでなくて、なんなのか、もはやわたしの耳には入ってこなかった。すでに、はらわたが煮えくり返っていたからだ。イングリッシュ夫人とかなんとかいう名の変人から、わが頭脳の産物をそんなふうに言われるとは！　法的に認められない子ども呼ばわりされているも同然ではないか！　わたしは居間に引き返し、編集者に売り込める作品が自分にないものだから誰にもないと思い込んでいる、そんな人間がわたしの目にはどう映っているかイングリッシュ夫人にはっきり言ってやりたい衝動に駆られたが、どうにか思いとどまった。結局のところ、どんな頭で物ごとを考えているかを思えば、彼女の言うことなど気にする必要があろうか。しかも、わざわざ階段を下りて、最後は口喧嘩になるに決まっているきっかけをつくっては、アルシーアとジョージに申し訳ないだろう。二人はこうして精一杯やってくれているのだから。わたしは階段の残り半分を上りながら、多少の不快感は消えなかったものの、アルシーアが思い描いていたとおりに楽しく過ごしてくれるのを願わずにはいられなかった。

　生まれたばかりの末っ子――表紙に描かれるのは殺された男のみ――を取り出し、なおも、斧を手にしたニューイングランドの女殺人鬼リジー・何某（なにがし）（リジー・ボーデン。一八六〇〜一九二七。一八九二年、マサチューセッツ州で両親を斧で殺害した罪に問われたが無罪になった）の気分で、わたしは階段をふたたび下り始めた。下りきったところで、玄関広間を横切り居間へ向かおうとすると、台所の扉が五、六インチ（約一三から一五センチメートル）開いていて、その向こうからアリスが黒い顔を覗かせていた。どことなく怯えた目をしていた。

何か変だと直感したわたしは行く先を変え、玄関広間をアリスのほうへ近づいた。「どうしたの、アリス」わたしは声をかけた。「何かあったの？」

アリスは扉をさらに開け、わたしを台所へ迎え入れた。

「へえ、ありましたよ。ミス・ピーター」アリスは大仰に声を潜めて答えた。「みなさん、ここから出ておいきになってくだせえ」

「まあ、アリスったら、そんな勝手なこと言って！」ここに来るまであんなに乗り気だったのに、この変わりようはどうしたことかと思いながら、わたしは彼女をたしなめた。

「我慢できねえです、ミス・ピーター。ここはみなさんがお集まりになるような場所じゃごぜえません」アリスは言った。「あたしは、一緒にいたくごぜえません」

「どういうこと？」わたしは訊ねた。

黒人の少女は声を一オクターブほども落とし、「このお屋敷にゃ、幽霊がいます」と陰鬱な響きで告げた。「〝白い服の女〟が階段を上ったり下りたりしています」

わたしたち白色人種は普段から愛情を込めて、黒人の迷信など馬鹿馬鹿しいと豪語しているにもかかわらず、このときわたしは、背筋を上下に冷たいものが走るのを感じた。いや、しかし、アリスの前では平然としていなければ。

「きっと、変わり者の文豪がうようよいるせいで、あなたも影響を受けて想像力が旺盛になっちゃってるのよ」何ごともないような口ぶりで――そう聞こえているのを願って――わたしは言った。「白い服の女性を階段で見たんだったら、レイバーン夫人かタトル夫人ね。二人とも白いワンピースを着てたから」

アリスはこれについてはそれ以上言わなかったが、見るからに納得していない顔のまま、「階段の上のあの部屋でなくて洗濯場で寝たら、レイバーンの奥様は許してくだせえますかね」と言った。

「奥様に頼んでもらえねえですか、ミス・ピーター」

「ええ、もちろん。あなたがそうしてほしいなら」わたしは答えた。「レイバーン夫人だって、だめとは言わないはず」それから、逸（はや）る気持ちで訊ねた。「アリス、あなたはどの部屋で寝ることになってたの？」

答えは、聞かずともわかっていた。

「緑色の扉の部屋でごぜえますよ」アリスは白目を剝いて答えた。

わたしはアルシーアに伝えておいてあげるという意味のことを早口で言って、居間へ戻った。戻ってみると男性陣も加わっていて、例によって部屋の片隅に固まっていた。少数派の身として、団結は力なりという使い古しの諺（ことわざ）に安らぎを求めているように。

生まれたばかりのわたしの末っ子は、みなの手から手へと回され、然るべき称賛を浴びた。イングリッシュ夫人までもがまじまじと見て品定めしていたが、その理由は見抜いていた。

「ずいぶんと気味の悪い表紙だこと」イングリッシュ夫人は、本をカーンズ夫人に手渡しながら言った。「ま、売るためには仕方ありませんわね」

わたしはまったく気にしていませんという態度で両肩をすくめ、「血に飢えた人たちに尽くすのがわたしの仕事なので」とぞんざいに返した。「でも、出版社は、そりゃあ大金を払ってくれるんですよ。わたし、その方面にうるさいって悪名を轟かせてますから」

ジョージ・レイバーンは思わずにやりとした顔をすばやく引き締め、マーガレットはわたしが隣の椅子に腰を落ち着けると、「おみごと、ピーティ！」と声を押し殺して言った。

そのあと、フランが半ば慌てるように朗読会を再開させた――おそらく、周辺にダイナマイトが二、三本転がっているのを嗅ぎとり、誰かがうっかりマッチを擦りはしないかと恐れたのだろう。わたしの腹の虫はまだ治まっていなかった。フランに朗読を促されると、とりわけ惨(むご)たらしい章を選び、雫(しずく)の滴るような調子で読んだ。年嵩の会員たちが眉をひそめたのは申し訳なかったが、ジュディスは人目もはばからず喜んだ。

わたしが朗読を終えると、タトル夫人が詩をいくつか披露した――おそらく、マクベス夫人がアラビアじゅうの香料を振りかけても消せなかったであろうもの（シェイクスピアの一六〇六年の戯曲『マクベス』第五幕第一場参照。「まだ血の臭いがする」）を、わたしから消そうとしたにちがいない。茶色い小さなミソサザイのような女性からこんなに魅惑的な詩が生み出されるとは、わたしの驚嘆は決して尽きない。タトル夫人はヒヤシンスの球根を思わせる――あのユニークな外見を言っているのではない。比類なき美の源という意味だ。

タトル夫人が最後の作品を読み終えるころには、人の優しさという甘い乳（シェイクスピア『マクベス』第一幕第五場参照）がわたしの体の中にわずかながら湧いてきた（たとえ少々腐っていたとしても）。そういうわけで、ちびのシムズさんが自分にも作品があると声高らかに告げたときも、身悶え一つしなかった。だが、ジュディスはそうはいかなかった。このころには夜の帳(とばり)が降(お)りていて、部屋の中央のテーブルに置かれた古めかしい読書用ランプにジョージが火を点けていたが、シムズさんが移動してランプの下(もと)に置いてあった椅子に腰を下ろすと、マーガレットの向こう側にいたジュディスは身をこわばらせた。

「耐えられそうにないから、ちょっと失礼するよ」ジュディスは食いしばった歯のあいだから声を出した。「〝ハンニンガ　ヤルノヲ　ボク　モクゲキ〟なんて話を三〇分も聞かされたら、あたし、みんなの前で発作を起こすよ」

こうした場面では良識を見せるマーガレットがジュディスのスカートをつかみ、どうにか席に留まらせようとした。

「ジュディス、だめよ」マーガレットはぴしゃりと言った。「シムズさんが傷つくわ」

「そうかな」ジュディスが言い返した。「いいから、見てなさいよ。あたしがお＊洗＊に行こうが行くまいが、あの人にはわかりゃしないから」

ジュディスがこんな調子になってしまったときは、もう手がつけられない。マーガレットもお手上げだった。わたしたち三人のいる部屋の一角でこうしたいざこざが起こっていようとは夢にも思っていないシムズさんが、幸せそうな悪気のない表情で原稿を開き、朗読を始めた。

わたしはため息をついて椅子の背にもたれ、ほかの会員たちとともにこれからの二〇分ほどを耐える覚悟をした――それと同時に、ジュディスが急にわれわれを不憫に思って、クロッケーのボールを階段の上から転がしてみたり、二階の廊下でありったけの目覚まし時計を鳴らしてみたりと、みなの気を逸らすようなことをしませんようにと祈った。

われわれの母国語に嬉々として猛攻を加えながら、シムズさんの朗読は続いた。長い長い一五分が過ぎたが、屋敷の二階の正面側は静かなままだったので、わたしはなんとなく嫌な予感がした。というのは、ジュディスの場合、騒がしくしているときより長いあいだ静かなときのほうが、たいてい良からぬことをしているからだ。

しばらくして、フランの少し後ろに座っていたウォレンが前屈みになって彼女に話しかけ、二人は一分ほどひそひそ会話を交わしていた。ついにシムズさんの名作が終わり、われわれの中でも慈悲深いほうの人たちが罪のない二、三の嘘で作品を褒めていると、フランがみなに呼びかけた。

「今、ウォレンが教えてくれたのですが、ケントさんの原稿帳をここにお持ちだそうです。ウォレン自身は朗読を辞退したいそうで、わたしもケントさんとは面識がありませんから遠慮したいと思います。そこで、ケントさんをご存じだった方、どなたか引き受けてくださいませんか」フランは一同を見回した。「マーガレット、どうかしら」

マーガレットは朗読するときの声がとても美しい。彼女が無言で同意すると、ウォレンは茶色いルーズリーフ式のノートを彼女に回した。

「僕はそれを開いたことがないんです……僕の手元に来て以来」ウォレンはためらいがちに言った。「だから、どんな順番で原稿が並んでいるのか知りません。ですが、すべての作品が入っていると思います」

ティムのこととなると、われわれはみな少々感傷的になるとわたしは感じている。死という忌まわしい手段でこの小さな集団を去った初めての仲間だからだ。そういうわけで、彼の作品は、彼が生きていたときより価値あるものとして扱われる。ロマンチストであると同時に皮肉屋だった不思議なティム自身はわれわれのこの態度をどう思っただろうかと、わたしはたびたび考え、もはや知る術がないのは却ってよかったのかもしれないと結論していた。それでも、何はともあれ、彼は〈羽根ペン〉倶楽部の中で語り継がれる存在となった。部外者が心無いことを言ったとしたら、われわれは一人としてそれを許さないだろう。

イングリッシュ夫人ですらこれには感じるものがあったらしく、マーガレットが偶然に任せて原稿帳を開いて読み始めると、少なくとも行儀よく耳を傾けている様子だった。どうした巡り合わせか、マーガレットが開いたのは「ジョー＝パイ」の詩だった。われわれがせがむたびティムがくり返し読んできた作品だ。最後には、僕はもうこんな詩には飽き飽きなのに、なぜあなたたちは飽きないのかと彼は爆発した。だが、そんな一幕ですら、実際以上にティムらしいと思えた。

朗読が続くあいだ、わたしは仲間たちの表情を観察していた。アルシーアは感極まりながら聴き入っていた。カーンズ夫人は詩の内容を噛みしめていた。ほっそりした顔が半分陰になっていたウォレンは、納得いかず思案に沈んでいるといった面持ちだった。「人生は心乱れるほどに奥深く、堪能するには千年あっても足りない」と公言していたティム・ケントが、そのわずか数カ月後に、想像力に欠けた人間が「臆病者の逃げ道」と呼ぶ手段をなぜ選んだのか、当時われわれも釈然としなかったが、今またその疑問がウォレンの中で再燃したようだった。

マーガレットは「ジョー＝パイ」を読み終えると、次の詩に移った。こうして三、四編を読み進めたところで、急に口をつぐみ、なんとも奇妙な表情を浮かべた。五、六秒のあいだ、椅子の中で微動だにせず、膝の上に開いたノートを見つめていた。が、やがて口を開いた。

「ごめんなさい」か細い、消え入りそうな声だった。「わたしに宛てられたのではない手紙を読んでしまいました。あなた宛てよ、ウォレン、ティムからの。直前に書いた……はい、これ」

マーガレットはつと立ち上がると、ノートをウォレンに押しつけた。それから、さっさと自分の椅子に戻り、喉が詰まったような音とともにどすんと腰を下ろした。

ウォレンはランプの下でノートを持ち、意識は別のところにあるかのように、声を張りあげ、それを読み始めた。

「大切なウォレンへ
ある人物から、イングリッシュ先生が僕に隠しごとをしていると聞いた。おそらく先生は、優しさの意味をはき違えているのだろう。僕のこの咳は、本当は、とりわけ性質の悪い結核菌によるものだ。あと二カ月もすると、僕は周囲の人に多大な迷惑をかけ、とんでもないお荷物となるはずだ。自分自身にとっても。真実を知って以来、この病気について調べあげた。今の状態が続くのはおよそ一年らしい。自分が世間の邪魔者となって、屍同然のこの図体を一二カ月も生かしておくなど、当然ながら僕は受け入れられない。そんな価値はない。そこで僕は、すべての人にとっての最善策と考える道を選ぶことにした。さらば、わが友よ。僕の身になって考えてみてくれ。

ありがとう

ティムより」

ウォレンは最後の一語を読むと、心の奥の何かから解放されたように口を閉ざした。あとに続いたのは死のごとき静寂だったなどという陳腐な言い回しは使いたくないが、そのあいだの無音状態——呼吸さえ止まっていた——を表現する言葉はほかに思いつかない。もう耐えられないというように静寂を破ったのは、アルシーアだった。

「ああ！」息を漏らしながら、ひと言放った。「ああ！」

あたかもこれが合図のように、全員がいっせいに文章にならない言葉を途切れ途切れに発し始めた。

だが、その内容は、何一つわたしの耳に入ってこなかった。わたしは夢中でウォレンを観察していた。

ウォレンは手紙を読んだ姿勢のまま、立ち尽くしていた。体をわずかに前方に傾け、言うことを聞かない一房の金髪がはらりと額にかかるままにして、手に持ったノートに視線を落としていた。目にしたもののあまりの衝撃にそのまま固まってしまい二度と動かないのではないかと、馬鹿げた想像をしたのを今も思い出す。だが、やがて彼は動きだし、そのうえ口まで利いた。

「どなたか」なお部屋じゅうで巻き起こっていた意味のないざわめきを掻き消すように、声を張りあげて彼は訊ねた。「誰がティムにこんなことを言ったのかご存じですか」

ウォレンはしばらく待っていたが、返事はなかった。

「というのは」氷が解け、水が一滴ずつ石の上に落ちるように、ぽつり、ぽつりとウォレンの言葉は続いた。「これは嘘だからです。僕はティムの咳のことを、自分でイングリッシュ先生に訊ねた。最新設備の療養所に半年入っていなけりゃ完治しないなんて類いのものではないと先生は教えてくれた」

「もしかしたら、先……先生は、そのあと診断を変えたのかも」アルシーアがおどおどと意見した。

だが、ウォレンは首を横に振った。「いいえ」なおも氷のように冷たい声だった。「僕が先生と話したのは五月です。そのとき先生は、ティムはもうじき治ると言った。ティムにこんなことを言った人間はティムを故意に殺したも、銃を手にティムを撃ったも同然だ。もし犯人を見つけたら絶対に殺してやる」

ウォレンは小さくぱたんと音を立ててノートを閉じ、脇目もふらずに足早の大股で居間を出ていくと、階段を上っていった。

第五章　真夜中の訪問者

　そのあとフラン・ベレズフォードがこの場に対処した手腕には、わたしはこれからも感服し続けるだろう。ウォレンが自分の寝室に入ってしまうや、雌鶏（めんどり）の鳴き声のような——男も女も——騒ぎがまたもや、しかも今度は品のない熱狂ぶりで始まるのはわかりきっていた。だが、フランは花が開こうともしないうちに蕾（つぼみ）を手際よく摘み取った。

　フランはウォレンが扉を閉める音が聞こえるのを待ち、数人がしゃべりだそうと口を開くあいだに、何ごともなかったようにこう言った。

「アルシーアが作品をおもちだと思います。聴かせてくれますね、シーア」

　アルシーアはいくぶんまごついて、しばらくばたばたしていたが、慌てて「ああ、ええ、もちろん」ともごもご答え、原稿を取り出した。

　ああだ、こうだとみなが騒ぎ始めるのが先延ばしになっただけなのは、当然、誰しもわかっていた。いつもの大論戦に直ちに突入とはならなかったとしても、就寝のためにおのおの寝室に向かうや二、三人で寄り集まって、同じようなことが始まるだろう。だとしても、ゴシップ大会というあの卑しむべき行為を免れたことだけは確かだった。しかし、あからさまに不満そうな態度を見せる者はいなかった——イングリッシュ夫人でさえ——とはいえ、おかしな話だが、みな少々はぐらかされた気分になっていた。

アルシーアが朗読を終えたころ、ジュディスがこそこそと居間へ戻ってきた。こっそり秘密のことをしてきて興奮を必死で抑えている目をしていた。

「あとで、いいもの見せてあげるよ、ピエトロ」アルシーアの作品についての意見交換が始まったのに紛れて、ジュディスが小声で言ってきた。「目ん玉が飛び出ちゃうよ」

その後の記憶はあいまいだが、どうにかこうにか、なんとも気の滅入る夕べの会はお開きとなった。一〇時半というさほど遅くない時間に、われわれはみな就寝のために寝室へ行った。前述のとおり、わたしはジュディスと同じ部屋を割り当てられていた。二人で部屋へ入り、扉を閉めるか閉めないかのあいだにジュディスが口を開いた。一時間ほど前、彼女が居間へ戻ってきたとき囁いていた、あの話だ。

「覚悟しなさい。ドカンと来るよ、ピート」ジュディスは言った。「ほら、これ」

ジュディスはワンピースのポケットに手を突っ込むと、折りたたまれた紙を一枚取り出した。わたしはそれを受け取り、化粧ダンスの上に置かれた石油ランプの下で広げた。そのあいだジュディスは人を恐れぬコマドリのように首をかしげ、わたしから目を離さなかった。

紙にはタイプ文字が並んでいたが、明らかに何かの下書きだった。あちこちで単語が、ときには文章がまるごと横棒で消され、その上の行間の余白に新たなタイプ文字が打ってある。そして、読み始めると同時に、それがなんなのかわかった。マーガレットを中傷する手紙の下書きではないか！

「何これ！」わたしは大声で言うと、ジュディスに向かって目を上げた。「いったい、どこから持ってきたの」

ジュディスは、われながら気の利いたことをしたものだと自画自賛の体だった。

「それに答える前に」ジュディスは言った。「あたしの質問に答えて。マーガレットを中傷するあの手紙を書いた、というか、みんなに送った犯人は、これを持っていた人物ということでまちがいない？　それとも、そうとは限らない？」

「ということは、あなたもあれを受け取ってたのね！」わたしは思わず叫んでしまった。そして、彼女の問いに答えた。「ええ、確実にそうでしょうね。さあ、お願いだから、ジュディス、秘密めかすのはやめて、どこから持ってきたのか教えてよ」

だが、これはと思う情報をもっているとき、じらすのがジュディスだ。

「シムズ兄さんの朗読から、あたしが逃げ出したとき」ジュディスは話し始めた。「二階へ上って、ちょっと見てやろうと思ったの。誰があの手紙を書いたのか見当はついてたからね。あたしの考えが正しければ、その人物は手紙を手元に置いて、眺めてはほくそ笑むようなおバカさん。だから、あんたたちが下の階で〝ボク　モクゲキ〟って話をお行儀よく聴いてるあいだ、その人物の部屋に忍び込んで、見て回ったわけ。そしたら、あるじゃないの、文房具箱の中の原稿の束の一番上に。ねえ、ピエトロ、次のあんたの本は、あたしと共著にしようよ。あたし、読点だったら打てるからさ」

「もう、ジュディスったら！」わたしは憤慨して大声になった。「どこでこの紙を見つけたか、教える気はあるの？　ないなら、首を絞めて吐かせるよ」

「おやおや、暴力はいけませんよ」ジュディスはたしなめるような調子で言った。「教えてあげますよ。あたしがそれを見つけたのは文房具箱の中であり、その文房具箱の持ち主は――ほら、〈羽根ペン〉倶楽部の至高のしきたりに則って文章の組み立てに注意を払ってますよ――ほかならぬ、われらが良き友マーガリート・イングリッシュ夫人だったのです」

「ということは、これを……」とわたしは言いかけ、そして口をつぐんだ。ゼラチン版をめぐる発見については口外するのをやめようと、アルシーアと約束したのを思い出したからだ。だが、わたしが途中で黙ったので、ジュディスはすかさず食いついてきた。

「じゃあ、あんたも、あの女だって疑ってたわけね！」ジュディスは声を張りあげた。「ピート、このおばちゃんに隠しごとがあるでしょ。白状なさい」

ジュディスにならかまわないだろうと判断したわたしは、例の話をして、「でも、マーガレットには内緒にしておこう、ジュディス」と締めくくった。「マーガレットが知ったら、面倒なことが蒸し返されるだけだから。それに――」

「でも、言わなかったら」ジュディスが口を挟んだ。「これからもイングリッシュ姉さんが何するか、わかったもんじゃないよ。あんただって、あれがどんな女か知ってるでしょ、ピート。ばれずにやりおおせるって一度味を占めたら、きっと、またやる。マーガレットに話すべきだよ」

「話す必要ないわよ」不意に背後から聞こえてきたのはマーガレットの声だった。「もう聞いたから」

しまったとばかりに、わたしとジュディスは振り返った。マーガレットが、わたしたちの寝室と、彼女とカーンズ夫人が使っている隣の続き部屋とのあいだに立っていた。わたしたちは会話に夢中になるあまり、両部屋が扉でつながっているのを忘れていた。

「聞いてよかったわ」マーガレットは続けた。わたしの知る彼女の気取らない声には、静かなる決意が表れていた。「ピート、わたしに話したくない理由はわかるわ。だから、一番いいかたちで知ることができた。これから何をすべきか、わたし、もう決めたから」

「何するの」ジュディスが訊いた。

「その紙をもらえるかしら、ジュディス」マーガレットは言った。「イングリッシュ先生に送るわ、手紙を添えて。マーガリートさんのしたことをつぶさに伝えて、あれを送りつけた先のすべての人に内容を撤回する手紙を書くよう奥さんに言ってほしいと頼むわ。先生は正しい判断のできる人だから、わたしの頼みはもっともだとわかってくれるはず。その紙、くれるわよね、お願いよ」

わたしが化粧ダンスの上に置いた紙を、ジュディスは取り上げ、マーガレットに渡した。

「このお返しに」ジュディスはいつものふざけた調子でつけ加えた。「先生に手紙を書くとき、ここのみんなにも得になるようなことしてちょうだい。イングリッシュ姉さんを〈羽根ペン〉倶楽部に近づかせるなっていうのも書いておいて」

ちょうどそのとき、カーンズ夫人がマーガレットの後ろの扉のところに姿を見せた。二人は部屋が一緒なのだから、カーンズ夫人にも会話のいっさいが聞こえていたにちがいない。その証拠に、夫人はこう言った。

「わたくしがあなただったらね、ペギー（マーガレットの愛称）」深みのある心地よい声はいつになく真剣だった。「いつしかすべてが忘れ去られるのを待ちますよ。その紙がなくなっているのに気づけば、マーガリートも知られてしまったとわかるでしょう。そうすれば、もう二度と同じようなことはしないはずよ。だって、あなたが望んでいるのはそれでしょ」

いや、マーガレットの望みはそれではなかった。「違います、ルイーズさん」マーガレットは答えた。「わたしはあの手紙の内容や中傷を撤回してほしいんです。あれがどこに送りつけられたか、これからどんな悪い影響を引き起こすか、わかったものじゃないですから。忘れ去られるのを待ってるわけにはいかないわ」

　さてさて、いや違う、いやそうだと一時間近くも意見を戦わせただろうか。憤慨に満ちた話し合いは物別れに終わったが、すべてをイングリッシュ先生に突きつけるというマーガレットの決意はなおも揺るがなかった。マーガレットはまちがっていると言いきれるのか、わたしにはわからなかった。

　ジュディスがランプを消し、廊下との扉に近いほうのベッドにもぐり込むと、五分ほど静けさが続いた。すると、彼女がためらいがちに話しかけてきた。

「ピート、まだ起きてる？」

「ええ」生まれてこのかた、こんなに目が冴えていたことはない気分だった。「どうしたの」

「イングリッシュ夫人の部屋で、ほかにも見つけたものがあるんだ」ジュディスにしては珍しい真剣な口調だった。「あの女がつけてる日記みたいなもの。でも、身の回りの出来事を書き留めてるんじゃなくて、あたしたちやほかの知り合いの細々（こまごま）した悪口ばかりが書いてあるの。やり方はこんなふうじゃないかな。彼女と話してたある人が、ほかの誰かについて、うっかり悪いことを言っちゃったとするでしょ——それ自体は実にたわいないんだけど、他人が言うと悪態に聞こえるかもしれない何気ないひと言って、あたしたちも言っちゃうことあるよね。そうすると、あの女は、話題にのぼった人のところへ行って、尾ひれをつけてそれを伝えるの。そうすると、人間なんてそんなもの、引き換えに、十中八九、最初にあの女と話した人にまつわるおいしい話が飛び込んでくる。最後に、そのやりとりがすべて、あの女の小さなノートに書きつけられるってわけ。最初の二、三ページにしか目を通してないけど、そこから判断するに、男も女もみんなが相手の目ん玉をほじくり出したくなるような、あたしたちのことがあのノートにはしこたま詰まってる。マーガレットを中傷する手紙でやったみたいな方法で、それが少しでも表沙汰になってみなさいよ、海兵隊でも鎮圧できないくらいの大暴動が倶楽部で起こるよ」

「なんなの、それ！」わたしは思わず絶叫した。「そういう女たちは狩猟解禁にすべきね。ジュディス、そのノートもまるごと、あの紙と一緒に持ってきちゃえばよかったのに。そしたら、わたしたちの手で葬り去れたよ。あの人、そんなネタ帳を持ってたら何をしでかすかわかったもんじゃない」

「今思えば、そうすればよかったね」ジュディスは言った。「でも、マーガレットの手紙がイングリッシュの親爺さんに届いたら、あの女もこれ以上の悪さはしないんじゃないかな。先生がきっとなんとかしてくれ——」

ここまで言うとジュディスは口を閉ざし、いきなりベッドの上で起き上がった。

「どうしたの」わたしは片肘をついて体を起こした。

ジュディスは無言でベッドからそっと抜け出すと、すばやく音を立てずに一跨（ひとまた）ぎで扉まで行き、ぐいと開けた。しばらくそこに立って、仄暗（ほのぐら）い廊下を覗いていたが、そのあと、ふたたび扉を閉め、ベッドに戻った。

「あたし、こんなことしたから、ちょっとビクビクしちゃってるのかもしれないけど」ジュディスは言った。「でも、確かに、外で音がした。緩んだ床板を踏むような」

それからどのくらい経っただろうか、わたしは眠りに落ちていた。だが、真夜中はとうに過ぎたと思われるころ、少々奇妙な気配を感じ、不意にぱっちり目を開けた。名状しがたい何かがわたしを眠りから覚ました。月はすでに沈んでいて、部屋は漆黒の闇に包まれ、窓の長方形すら見えなかった。わたしは横たわったまま微動だにせず、耳をそばだてていた。何かの音に目を覚ましたにちがいない。

った。

その音がもう一度しないだろうか。しかし、聞こえるのは、屋外の木々や茂みの中から流れてくる夜の虫の合唱と、四分の一マイル（約四〇〇メートル）ほど離れた幹線道路を走る一台の自動車の微かな音だけだった。

最初に目を開いたときは真っ暗に思えたけれど、横たわって目を凝らしていると、闇が濃淡を帯び始め、そのうちに、見えるとまでは言えないが、部屋の中の大きめの家具であれば存在がわかるようになってきた。そして、化粧ダンスの前に何かがそびえているのに気づいた。その物体はゆらゆら揺れる光の筋か何かに変化していくように思えたが、やがて、実際の形がぼんやりと浮かんできた。人間の姿だ。しかも、頭から足先まで幽霊のように白ですっぽり覆われている！

アリスの言っていた〝白い服の女〟の話が頭をよぎり、息の詰まるようなうねりとなって、わたしの全身を走り抜けた。躊躇なく言ってしまおう。その後の数秒間、わたしは火照りと悪寒を交互に覚え、同時に、体じゅうを隈なくネズミが小さな足で駆け回るのを感じた。やがて理性が戻ると、ジュディスが起きて化粧ダンスの上の何かを探しているのだろうと思った。

「ランプを点けてもかまわないよ、ジュディス」わたしはいつもと変わらぬ口調で言った。「わたしも起きてるから」

化粧ダンスの前の人影は何も答えず、わたしの声に身をこわばらせたように思えた。暗がりに漂う、ただ白くてぼんやりしたものが、こわばるというのなら。すると、その姿はまっすぐに床の中へと沈み込んでゆき、ついには、頭のてっぺんまでわたしのベッドの脚の下へと消えてしまったようだった。

次の瞬間、まるで幽霊の手のようなひどく冷たい息がわたしの顔と首の左側を吹き過ぎて、それきり、その姿も消えてしまった。

恐ろしさに身がすくんだのではない。いや、本当だ。だが、体が動くまでに数秒かかった。そのあと、わたしはジュディスとのベッドのあいだに下り立ち、ジュディスを激しく揺さぶった。彼女はぴょんと跳び上がって目を覚ました。

「いったいどうしたのよ、ピート」ジュディスは体を起こし、ありもしないベッドランプを手探りした。「まだ外は暗いじゃない。家が火事？　それとも誰か殺された？　でなきゃ何？」

「ジュディス、たった今、部屋に何かがいたの！」とわたしは言って、どんなものを見たのか説明した。

「悪い夢でも見たんでしょうよ」ジュディスは不機嫌な声で言ったが、立ち上がると、暗闇の中を一分ほどごそごそと動いて、ようやくランプに火を点けた。

「ほら、何もいない」わかりきっていたが、ジュディスは言った。「それに、床にも隙間一つないし。秘密の落とし戸だってどこにもないよ」

「もう、そんなんじゃ――」と言いかけて、わたしは口をつぐみ、化粧ダンスの上の端にふたを閉めて置いてあったジュディスの文房具箱を指さした。ふたは開かれ、中身のほとんどが床の上にばらまかれているではないか。

第六章　初めまして、エドワード・トリローニー

みなぐっすり眠って、朝になったら〈アーリー〉の空気がきのうより爽やかになっていますようにとわたしは願っていた。結局のところ、ある程度は爽やかだったが、非常に爽やかとは言いがたかった。

理由の一つは、何人かが少々わざとらしく陽気にしていたこと。陽気になるほど、ティムの遺書の発見に続いてウォレンがひどく取り乱した一件などあたかもなかったように意識的にふるまっているのがあからさまになった。ウォレンはといえば、おそらくわれわれの誰より自然にふるまっていた。朝食のあいだ、ほとんどしゃべらなかったのは事実だが、もともと口数が少ないので不自然ではなかった。

イングリッシュ夫人は朝食に現れず、これはある意味で助かった。その代わり、頭痛がするのでアリスに朝食を部屋まで運ばせてほしいと伝言をよこしてきた。アリスはこれを聞くとぶつぶつ不平を独りごちたが、わたしはアリスをたしなめようとは思わなかった。一二人もの身の回りの世話を一手に引き受けてくれた娘に向かって、この伝言は少しばかり厚かましく思えたからだ。だが、アリスが嫌がったのは、余計な仕事が増えるからでなく、たとえ日中でも薄気味悪いあの緑色の扉の前をまたも通らねばならないからではないかと思わずにはいられなかった。

朝食が終わり、われわれの大半がおのおのの偉大なるアメリカ小説、ひいては将来のピューリッァー賞受賞作品の創作に向け、てんでに散らばっていくと、マーガレットがわたしを傍らに引っぱった。「これから車で村まで行くんだけど、ピート」マーガレットは言った。「一緒に行かない?」マーガレットの上着のポケットから手紙の端が覗いているのが見え、誘ってきた理由の見当がついた。

「イングリッシュ先生に手紙を書いたのね」マーガレットの誘いには応えず、わたしは質問で返した。

「そうよ。今朝、朝食の前に。特別配達で送るつもりだから、今夜には届くはず」

「マーガレット、送らないほうがいいと思う!」とっさに大声を出してしまった。「せめて、みんなが家に帰るまで待って。もしイングリッシュ先生が、今夜、その手紙を受け取ったら、明日の朝一番にここに来てしまう。そしたら、どんな騒ぎになるか」

いや、言っても無駄だろう。〈羽根ペン〉倶楽部の会員には共通点――カーンズ夫人とちびのシムズさんは含まれないかもしれないが――が一つだけある。全員が強情で、まるでミズーリのラバ（一九〇〇年代初頭より、ミズーリ州で交配、繁殖させたラバはとりわけ丈夫で力が強く有名だった）の群れなのである。一度決めたら、頑として譲らない。早い話が、マーガレットは村へ行き、手紙を送った。こともあろうにウォレンにつき合わせて。

わたしは筆を執る気分になれなかった。そこで、独り散歩に出て、田園を眺めながら自分の魂と対話することにした――まだ魂があればの話だが。この二四時間にイングリッシュ夫人に抱いた感情を考えると、魂があるのか疑わしいと思い始めていた。

アルシーアが書斎に改装した例の古い燻製小屋の前を通りかかると、開いていた戸口の向こうから、わたしを呼ぶアルシーアの声がした。わたしは行き先を変え、そちらへ向かった。

アルシーアは机代わりに使っているテーブルに腰を下ろし、ひどく歯型がついて見える鉛筆を指に挟んでくるくる回していた。凝った手描きの飾り文字で「第六章」とてっぺんに大きく書かれているのを除いては真っ白な一枚の紙が、午前中のここまでの成果を語っていた。

「いったいどういうわけかしら、ピート!」アルシーアはいきなり大声を出した。「どうしてみんな、あの話をしないのかしら。どうしてみんな、こんなふうに胸にしまい込んだままなのかしら。誰かがなんとか、このもやもやを吹き飛ばしてくれないものかしら!」

わたしは軍の簡易寝台のソファーベッドの端に腰を下ろし、一抱えの枕にどすんと寄りかかった。「イングリッシュ夫人の話?」わたしの胸には、マーガレットがイングリッシュ先生に出すと言った手紙のことが、まだ引っかかっていた。

「違うわよ」アルシーアは答えた。「まさか、みんなもその話はできないでしょ——本人がここにいるんだし。わたしが言いたいのは、ティムのこと」

アルシーアはテーブルの向こうからわたしのほうへ身を乗り出し、内緒話をするように声を落とした。確たる根拠のないことを言っているかもしれないと思っているとき、彼女はいつもこんな口調になる。「ピート、誰がティムにあんなこと言ったと思う? まさかと思うけど……」

「まさかと思うけど、何よ」わたしは言った。アルシーアの代わりに文章を結ぶのはごめんだった。だが、彼女が何を言いたいのかはわかっていた。

「その……〈羽根ペン〉倶楽部の、誰かかしら」アルシーアは、一語一語を宙に浮かべるがごとく発した。万一わたしがあまりに衝撃を受けた顔をしたら、すぐにでも引っ込めるつもりであるかのように。

わたしは気が重くなった。そこで、ほかの機会に口にするよりはましだろうと思い、こう言った。「もしそうなら」単刀直入に言い放った。「きっとイングリッシュ夫人ね」アルシーアは茶色の目を飛び出さんばかりにして「ピート！」と叫ぶと、あたかも自分が、いや、わたしが、いや、二人一緒に、とてつもない発見をしたとでもいうように、こちらを見つめた。「まさしく……ああ、口に出してはいけないと思うけど、まさしく、わたしもそう思ってたの！」

それを口火に、わたしたちはすっかり胸の内を開いてイングリッシュ夫人の本性をめぐって大いに盛り上がった。わたしが初めに彼女を犯人呼ばわりしたのは単なる意地の悪さからで、本心ではなかったものの、ひとしきり騒ぎ終えると、二人していいところに目をつけただけでなくこれは揺るがぬ事実だと確信していた。

「ああ、こんな調子じゃ、わたしたち、とても執筆が手につかないね」わたしはこう締めくくって、立ち上がった。「それじゃあ、散歩を続けるから」

だが、小さな入り口の間まで行くか行かないかのうちに、アルシーアがわたしを呼び止めた。

「ピート、いいこと思いついたわ！」いたずらっ子のように瞳を輝かせ、アルシーアは言った。「あなた、次は、イングリッシュ夫人が殺されるミステリを書きなさいよ」

「名案ね」わたしも異存はなかった。「あの人の体にナイフを滑り込ませるのも楽しいかも。紙の上だけならね。書いてみるよ」

こんなことは言ったものの、わたしはそこまで残忍な人間ではない。だが、正直に言おう。〈アーリー〉の裏の小径を横切り、向こう側にある小さな森の中をずんずんと突き進むあいだ、わたしはその着想を吟味し、多かれ少なかれ思いのままに楽しんだ。みなで執筆に集中する穏やかな週末が始まったというのに、イングリッシュ夫人がこれまでに起こした面倒を考えると、何かしらちょっとした仕返しをしてもいいように思えた。そんな小説を実際に書いて倶楽部で朗読したら、彼女はどんな顔をするだろう。

両手をズボンのポケットに突っ込み、ご機嫌で軽快に歩を進めていると、背後から呼びかける声がした。

「ねえ、お兄さん、マッチを持ってないかい」

わたしは後ろにいる人から「兄さん」とか「坊や」と呼ばれるのに慣れていたので、躊躇なく振り向いた。長身痩軀、これまでに見た中で一番ではないかと思われる真っ赤な髪の男性が、ちょうどわたしの通り過ぎた十字路のところで、わたしが男でないのに気づいてバツが悪そうにこちらを見ていた。

「ああ、失礼、お嬢さん！」彼は大声をあげた。「男の子かと思った」

「気にしないでください」わたしは言った。「まちがえる人、多いんです。この髪型と服装だから。でも、マッチはありますよ」

そう言いながら、わたしはポケットからマッチ箱を取り出した。だが、そちらの方向へ足を踏み出した瞬間、小石につまずき、その男性がつかまえてくれなかったら、あわや、うつぶせに転ぶところだった。

「ああ、もう！」わたしは苛立って大きな声を出した。「足首を捻挫したら、完璧な一日になる」

彼はわたしを支えながら、小径の脇にあった倒木の幹のところまで連れていくと、「捻挫したの？」と驚いたように訊いてきた。

「いいえ」わたしは足をぶらぶらさせて確かめながら答えた。「ひねっただけ。すぐによくなります。あ、これ、マッチどうぞ。火を点けてください、なんなりとあなたが吸いたいものに。そのあと、わたしもラッキーストライクでご一緒します。なんだか体が欲しがってるみたいだから」

彼はマッチを擦った。そして、わたしがこれまでに嗅いだ中でとりわけ臭い（におい）の強烈なパイプは二本あるのだが、そのうちの一本に火を点けた——ちなみに、あとの一本も彼のパイプだ。それから彼は、わたしのためにマッチをもう一本擦ってくれた。

「君は、ここの村の人じゃないね」彼は倒木の幹の反対側の端に腰を下ろすと、打ち解けた調子で訊いてきた。

「ええ、違います」わたしは答えた。「レイバーン夫妻の農園〈アーリー〉に遊びに来てるの。ジョージ・レイバーンとアルシーア、ご存じない？」

「いや、残念ながら」彼は答えた。「僕もここに遊びに来てるだけ——というか、キャンプしてる。釣りの季節なんでね、友人と一緒に。自己紹介させていただきましょう、お嬢さん。フィラデルフィアから来たエドワード・トリローニーです——友人たちはテッドと呼ぶ。敵は別の呼び方をするけど、ここでは言えない」

「初めまして、テッド・トリローニー」わたしは彼につられて思わず笑った。「わたしはピーター・パイパー——スカートをはいているときはキャサリンだけど」

「キャサリン・パイパー」彼はこの名前をくり返した。心のどこかに馴染みのある響きを放ったようだ。「ミステリ小説を書いてないよね」

こちらが伝えるより先にわが頭脳の産物について言及してくれた人には、誰であろうと、感謝と敬意の念を永遠に与えることにしている。

「告発どおり有罪」わたしは内心の嬉しさを顔に出さないようにしながら、うなずいた。「目下、人殺しに専念中」

この最後のひと言を、わたしは思った以上に熱のこもった口調で言ったらしい。彼は少々妙な面持ちでわたしに視線を据えた。

「ほう、いったい」彼は訊ねた。「どういう意味かい?」

「ああ」無神経だったかなと思いながら、わたしは答えた。「新しい小説の筋を組み立てていて、産みの苦しみを味わっているところなの」

「予告編みたいなものを聴かせてほしいな」と、彼は言った。「それとも、構想の段階では作品の話はしないのかな」

いったいどうしてそんな気になったのだろう。日ごろから見ず知らずの人に自分の話はしないことにしているのに、わたしはいつの間にか、〈アーリー〉での一連の出来事のみならず、われわれがここに集まる前に起こった出来事まで話していた。だが、もちろん、構想中の小説の冒頭部分であるかのように三人称で語ったが。

彼は黙ってパイプをくゆらせていたが、わたしが話を終えると冷静な口調でこう訊いてきた。

「パイパーさん、自殺した青年に余命いくばくもないと伝えたのは、その……えっと、何某(なにがし)夫人でまちがいないのかい?」

「そうね、一〇〇パーセントの確信はないけど」わたしはうっかり言ってしまった。「でも、あの人のやりそうなこと――」しまった、口を滑らせたと慌てて言葉を切ってから、「今のが本当の話だって、どうしてわかったの」と問いつめた。

「難しくない」彼は答えた。「君は一、二度、登場人物の名前を言いまちがえたからね。ところで、君に伝えておくべきだったかもしれない。僕はフィラデルフィア郡検察局の犯罪学者だ。そういうわけで、僕も人殺しが仕事だ」

「まあ」わたしは少しばかり気が抜けたように言ってから、不意に不安になって叫んだ。「なんですって！　まさか、イングリッシュ夫人が殺されると思ってるんじゃないでしょうね」

「いや」彼が笑顔を見せたので、わたしはほっとした。「そういう人間はまんまと人殺しをやり遂げるものだけど、文字どおりの意味で被害者にはならない。でも、君の友だちレイバーン夫人主催のお泊まり会は、残念ながら彼女が思い描いていたような長閑（のどか）な集いにはならないだろうね」

「ついでに」会話をもっと楽しくしようとでもいうように、彼は続けた。「昨晩、君の経験した小さな怪現象について説明してあげようか。君が寝室で見て肝を潰した白い人影はまちがいなくイングリッシュ夫人だ。君と同部屋の女性が見つけたその手紙を捜しに来たんだろう。おそらく、それがなくなっているのを発見し、夜の長い時間、二階に一人でいたのはその娘（こ）、ジュディ（ジュディスの愛称）だと気づいてイングリッシュ夫人が下した判断は正しかった。いや、もしかしたら、あとから君とジュディでその話をしてるのを聴いていたのかもしれないね。扉の外で床板が軋（きし）むのをジュディが聞いたと、君は確か言ったよね」

「ええ」わたしはうなずいた。「でも、あれがイングリッシュ夫人なら、どうやって消え失せたの？　わたしの感じた冷たい息の正体は？　それとも気のせい？」

「いや、気のせいじゃないだろう」彼は答えた。「消えたように思えたのは、単純に床の上にしゃがみ込んで見えなくなったにちがいない。そのあと、四つん這いになって扉へ向かった。君が感じたのは、彼女が出ていったときの空気の動きだ」

「いとも簡単に解決するのね」わたしはぶつぶつと言った。探偵小説を書いているにしては推理力がひどく貧弱なのを曝け出してしまった。そうして、次に、こんなことを思いついた。「それじゃあ、ジュディがあの手紙をマーガレットに渡したのは、結果的によかったのね」

「もしかしたらね」トリローニーは言葉を濁した。「でも、確実によかったとは言いきれない。ジュディが手紙も日記帳も見つけなければ、そのほうがよかったかもしれない」

どうしてそう思うのか訊ねようとした、ちょうどそのとき、遠くで雷鳴が轟いた。どこかに嵐が来ている証拠だ。

「〈アーリー〉に戻ったほうがよさそう。びしょ濡れになりたくないから」わたしはそう言って、立ち上がった。「真夜中の怪現象をあなたが解決してくれたこと、ジュディスに話してもかまわない？わたしが夢を見ただけだって、彼女、まだ思ってるだろうから」

「ああ、かまわないよ」彼は言った。「それから、もう一つの件だけど、イングリッシュ夫人を疑っているとほかの仲間に言わないよう、レイバーン夫人に忠告しておいたほうがいいだろう。今、イングリッシュ夫人が手に余る混乱の渦中にいるのはまちがいない。新たな戦いの場を増やすだけになるからね」

そのころには、わたしの足首の痛みは引いていたが、彼はわたしを送り届けると言って譲らず、〈アーリー〉の敷地のはずれにある門まで来てくれた。そして、またいつかお会いできるといいですねと愛想よく告げて、その場を去った。

昼食の前に少し髪を整えようと二階へ行くと、寝室でジュディスがブラウスを着替えているところだった。

「もう、信じてくれないんだから」開口一番、わたしは言い、「真夜中の訪問者の謎が解けた」とすぐさま説明を始めた。

ジュディスは興味津々といった大げさな態度で耳を傾けていたが、その目は、わたしの説明を別の何かと頭の中でつなげようとしている表情だった。

「てことは、あの女は、あたしがあの手紙をまだ持ってると思ってたんだ」ジュディスはわたしにというより、独り言のようにつぶやいた。「だったらあれは、うっかりじゃなかったんだ」

「何がうっかりじゃなかったって？」わたしはそう訊ねながら、この物語が知らないあいだに新しい章に入っていたのを直感した。

ジュディスが脱いだばかりのブラウスを突き出した。片側の肩と袖の部分が泥で汚れていた。

「ほんの数分前なんだけど、屋敷の裏側に沿って歩いてたらね」ジュディスは話し始めた。「そしたら、ゼラニウムと母なる大地の土がたっぷり詰まった植木鉢が空からヒューと落ちてきて、あたしの腕に、ポンと当たったの。顔を上げたら、イングリッシュ夫人の染めた髪がひょいと隠れるところが真上の窓にぎりぎりで見えてさ。あたしに見られたとわかると、うっかり窓台から鉢植えを落としちゃったとかなんとかペラペラしゃべりだして。それを真に受けるなんて、あたしもマヌケだよね。何が、うっかりよ！」

「でも、ジュディス」わたしは反論の口調になっていた。「その植木鉢が頭に当たってごらんよ。死んでたかもしれない！　いくらイングリッシュ夫人だって、わざとそんなことするとは思わないでしよ！」

「どんなこと、い、い、しようとしたか知らないけど」ジュディスは言った。「でも、あのとき、あたしがあんなふうに身をかわしてなかったら、あんたの同部屋の相手は別の人になって、みんなは市場に百合の花を買いに出かけたかもね」

第七章　嵐の到来

正午ごろかと思っていた嵐の到来は、夕食が終わり、夜も更けてからだった。そして、遅れた分を取り戻すかのように、倍の激しさで襲ってきた。女性たちの分遣隊は階段を駆け上がって窓を閉め、男性分遣隊は屋敷の外に走り出て、芝生に置いてあった椅子を運んできたり、ポーチの上の二台のぶらんこ椅子をゴムシートで覆ったりした。わたしは二階へ上がり、ジュディスとわたしの寝室の窓を閉めた。そして、部屋を出て、また階段を下りようとすると、フランとタトル夫人がタトル夫妻の寝室の扉の前の主廊下に立っていた。フランが顔を上げ、わたしを見つけると、ちょっと来てという素ぶりを見せた。

「ピーター、意見を聞かせてほしいの」フランが口を開いた。「みな認識していると思うけど、ここでのお泊まり会は成功を見ないでしょう。そんなことはないと言ったり、目をつぶったりしても無意味。そこでタトル夫人は、当初の予定のように月曜の夜までここに滞在するのはやめて、失礼にならないよう、ちょっとした理由をつけて、明日の朝、帰宅してはどうかと考えていらっしゃるの。わたしもそうできればいいとは思うんだけど、気になる点が一つ。アルシーアとジョージを置いて逃げたように見えるのではないかということ。二人をここに残して……ええ、謂わば、見捨てて立ち去るのはよくないと思う。あなたの意見を聞かせてくれるかしら」

「でも、アルシーアさんもわかってくださると思いますわよ」タトル夫人がわたしの意見を待たずに口を挟んだ。「いずれにしても、わたくしたち、このまま滞在していても居心地がよろしくありませんでしょ。たとえばジュディス・ノートンさん、ときおり遠慮なくものを言い過ぎます。今朝の植木鉢の事故を……ええ、事故じゃなかったと、残念ながら思い込んでいるご様子ね。ですから……もし、ほかにも何か起こったら……」

タトル夫人は意味ありげに言葉を切った。

タトル夫人がしゃべっているあいだ、わたしは頭をフル回転させ、ジュディスが見つけたもののことを二人にも話すべきだと結論した。

「わたしはどちらかといえばフランの意見に賛成です」わたしは言った。「でも、理由は違うんです。わたしたちが出ていったら、イングリッシュ夫人の思う壺になってしまう」

わたしはフランのほうに顔を向け、タトル夫人が両眉をつり上げて、品よく憤慨を表しているのには気づかないふりをしながら、「これを言ったところで解決にならないのはわかっているんだけど」と続けた。「でも、事実から目をそむけるべきでないと思うから、言うね。イングリッシュ夫人は以前この倶楽部にいたとき厄介者だったの。古くからいる会員はみんな、そう言うはず。このことは口外するつもりはなかったんだけど、あの人、日記のようなものをつけてるの。わたしたちがほかの誰かについてうっかり口にした細々(こまごま)した言葉を書き留めているらしいの。別の方面から集めてきた性質(たち)の悪い噂話なんかもね。あの人の性格を知るかぎり、そうした他人を傷つけるゴミのような話を誰かの耳に入れる機会を窺(うかが)っているのはまちがいない。わたしたちがここから出ていけば、おのずとアルシーアがその誰かになる」

タトル夫人は控えめながらも激怒の表情で、「なんてことでしょう！」と悲鳴をあげた。「にわかには信じがたいわ！　でもね、ピーターさん、あの方がそんなことをしたとしても、アルシーアさんがそれをほかの人たちに言うなんて思ってらっしゃらないでしょ」

アルシーアがそれをほかの人たちに言うのは、わかりきっていた。ただし、意図的な悪意からだったり、揉めごとを起こしたかったりというのが理由ではない。理由は単純。普通の人間なら、そうするのではないだろうか。そして、アルシーアは紛れもなく人間で、何から何まで普通だ。だが、こんなことをタトル夫人に説明したところで無駄だろう。ときに、淑やかさと信念は度を過ぎる場合がある。

「ええ、もちろん思ってません」自分が真っ赤な嘘を言っているのは承知だった。「でも、こんな場合を想像してみてください。アルシーアについてわたしたちの誰かが言ったとしか思えないことを、あの人がアルシーアに伝えるところを。これっぽっちも悪気のないあなたの発言が、あたかも友人を背中からナイフで刺すような調子でアルシーアに伝わったとしたらどうでしょう」

「わたくしは、アルシーアさんに聞かれて困るようなことを言った憶えはありませんわよ」タトル夫人は唇をすぼめるようにして答えた。

これ以上何か言ったところで話はこじれるだけだろうが、それでも、心が汚れていると思われたくなかったので言いたくてたまらず、歯がゆかった。すると、この状況に、フランが助け舟を出してくれた。

「この件はあとで話し合うことにして、今は一階へ行きましょう」フランは言った。「今夜はアルシーアが歌を披露してくれると言っていたから、もう始まると思います」

アルシーアは歌を披露した。三〇分ものあいだ堂々と、出せる力を存分に発揮し、居間の窓を激しく打ちつける雨の音をも掻き消して歌い続けた。アルシーアが終わると、今度はイングリッシュ夫人が大きな角形ピアノ（一八世紀後半に流行した長方形のピアノ）の前に腰を下ろし、優越感に浸りながら、軽めのクラシック音楽を二、三曲さらさらと弾いた。シャミナード（セシル・シャミナード。一八五七～一九四四。フランスのピアニスト・作曲家）の『スカーフの踊り』を奏でているときだった。玄関の旧式の呼び鈴が、演奏を突き抜け、けたたましく鳴った。

外で車が停まるのが聞こえなかったので、みな予想外の耳障りな音に少々びくりとしたのではないだろうか。玄関広間に通じる扉の近くに立っていたアルシーアが、アリスを待たずに玄関を開けに行った。

「はい……あら、イングリッシュ先生！」次の瞬間、アルシーアの大きな声が聞こえた。「驚いたこと！」

男性が足踏みして靴から雨水を落としている音が玄関広間で響き、やがて、イングリッシュ先生がアルシーアとともに居間の扉のところに姿を現した。

「こんばんは、みなさん」イングリッシュ先生は一同を見渡したが、挨拶とともに見せた笑顔は、まるで付け髭といった変装道具のような不自然なものを顔に貼りつけているかに思えた。

夫を見るなり、マーガリート・イングリッシュはピアノの椅子から立ち上がりかけ、「まあ、ハリー！」と叫んだが、歓迎の響きではなかった。「なんの用があってここに？」

「ただ君が恋しかったからかな、マーガリート」イングリッシュ先生はおどけた調子で答えたが、本心には聞こえなかった。「だが、まずはこの靴を、かばんに入れてきた乾いた靴にはき替えよう。一緒に来てくれるね」

イングリッシュ夫人は気乗りしない様子で居間を横切り、二人は階段の上へと姿を消した。と、同時に、居間にいる人の半分の目が無意識にマーガレットに向いた。マーガレットは、カナリアを飲み込んだものの尾の羽が喉に引っかかったネコのような顔をしていた。マーガレットとその人たちの表情を見るに、この日の朝にマーガレットが送った手紙は、もはや秘密でないのだとわたしは推測した。

玄関広間に続く扉がきちんと閉まる前に、ちびのシムズさんが金切り声をあげた。

「せ、先生は、このひどい天気の夜に、わざわざここまで来たんですな」自分のしゃべる番でなかったとしたらお許しくださいとでもいうような、半ば申し訳なさそうな笑みを浮かべて、シムズさんは一同をぐるりと見回した。「い、いったい、ど、どうしたんですかな」

マーガレットが何か言おうと口を開きかけたが、不意にウォレンがそれに先んじた。

「僕が、先生の来た理由をお話ししましょう」ウォレンの声が静かに響いた。「先生は僕に会いに来たんです」

あたかも、われわれについていた糸をウォレンが引っぱったかのように、全員がくるりと頭を回した。

「今朝、僕は村から長距離電話をかけた」彼は続けた。視線は正面に据えていたが、誰を見ているわけでもなかった。「先生と話がしたかった……ティムのことを。ティムの病状を先生が誰にしゃべったのか……そして、なんと言ったのか、教えてもらおうと思ったんです」

出てくる言葉は途切れ途切れだったが、話し終えてしまうと、ほっとしたように見えた。精神分析医なら、心理的抑制の原因となっていたものを外へ吐き出し、それを正面から見つめたことでその抑制から解放されたと診断するにちがいない。われわれもみな、その日は気の毒なティムを思い、心理的抑制を感じていたのはまちがいない。

アルシーアはわずかに前のめりになって、ウォレンの顔を食い入るように見つめ、意味もなく両手を小刻みに揺らしていた。訊ねたいことがあるが、どう切り出せばよいのかわからないとき、アルシーアはいつもそんなふうに手を揺らす。

「なら、あなたは……今夜、イングリッシュ先生がいらっしゃるだろうと思っていたのね」アルシーアは訊ねた。「今朝、先生はあなたに……？」

アルシーアが言いたかったのは、「今朝、先生はあなたになんとお答えになったの？」であり、それこそ、われわれ全員がぜひとも知りたいことだったが、アルシーアはいかにもアルシーアらしく、質問の文末をウォレンに答えで埋めてもらおうとした。しかし、ウォレンはその手に乗らなかった。

「いいえ」ウォレンはアルシーアの一つ目の質問にだけ答え、結ばれていない疑問文のほうについては答えなかった。「先生は、明日の朝、村で会おうと言ったんです。どうして気が変わって、こんな夜に、車を走らせてきたんだろう」

この瞬間、みな自分の思ったことを言い始め、ああだ、こうだと憶測のおしゃべり大会に突入するのだろうと思ったが、そうはならなかった。その理由はおそらく一つ。洗練された人にとって、同じ屋根の下に招かれた客を話の種におしゃべりに興じるなどもってのほかだからだ。そして、われわれはみな、お上品に言うならば、見せかけの洗練を身に纏（まと）っていた。

ジョージが何ごともなかったように、しかし、それを装っているだけなのは全員にばれていたが、その日の執筆の成果について問いかけると、予想外に反応が返ってきた。タトル夫人はソネット（一四行からなる定型抒情詩）を創作し、シムズさんは新しい短編小説を書きあげていた――雨が降ろうが槍が降ろうが、この二人を止めることはできなかった。またアルシーアも、執筆中の長編小説の新たな章の下書きを終えていた。ただし、本人によれば、まだかなり荒っぽい段階らしかった。この日の朝の彼女の心の中くらい荒っぽいとしたら、困難極まる英仏海峡横断の場面も舞踏室の床を滑るかのように描いていたにちがいない。

だが、アルシーアが朗読を始めようとすると、アリスが扉のところに姿を現した。

「しづれいします。レイバーンの奥様」呼ばれてもいないのにこんなふうに厚かましく顔を見せてしまった気恥ずかしさを抑えようと、白いエプロンの中で黒い手を揉み合わせながら、アリスは言った。「あづいコーヒーを入れたポットとサンドイッチを少々ご用意しました。だだ今いらした殿方が、何かあだだかいものを召し上がりたいんでないかと思いまして」

アルシーアは原稿から目を上げ、「まあ、ありがとう、アリス」と嬉しそうにした。「イングリッシュ先生、長い時間の運転だったから、きっと熱いコーヒーとサンドイッチを喜ぶわ」

と、アルシーアは何か閃いたようだった。

「あ、ちょっと待って」黒人の少女が下がろうとすると、アルシーアは呼び止めた。「お盆はそこにあるの?」アリスがうなずくと、「なら、わたしが二階へ運ぶわ」と、アルシーアは言った。彼女はいつでも機会を捉えるのがうまい。

さて、アルシーアが盆を自分で運ぶと言った理由は、二階の様子を知れるものなら知りたいからにほかならないと気づかない女性はここにはいなかった。一方で、これに気づけと男性陣に期待するのは無理な話だ。ジョージが口を開きかけ、僕が運ぼうと言おうとしたにちがいないが、アルシーアの一瞥に、ぎりぎりのところでその口を閉じた。とはいえ、ジョージの困惑した表情を見るに、わけがわかっていないのは明らかだった。ところが、順調に進んでいた計画に、思わぬ方向から悪意なき邪魔がみごとに入った。

数分ほど前にウォレンがパイプを取り出し、ポケットに手を入れてごそごそと刻みタバコ入れを探っていたのだが、そこには入っていなかった。われわれの中でパイプを使うのはウォレンだけなので、ほかの男性にはどうにかしてあげることができなかった。そこで、ウォレンは立ち上がった。

「僕が二階に運びましょう」と、ウォレンは申し出た。「いずれにせよ、タバコを取りに行くつもりですから」

さてさて、この状況では、アルシーアもウォレンに運んでもらうしかなくなった。だが、彼に礼を言うアルシーアの笑顔はかちかちに凍りつき、コーヒーが近くにあったなら冷めてしまったにちがいない。

ウォレンが戻るのを待つあいだ、われわれはアルシーアの作品について論じ合った。そして、フランに言われて初めて、一〇分ほど経ったのに彼が戻ってこないのに気がついた。

「まるで刻みタバコ入れと一緒にウォレンも消えてしまったみたいですね」と、フランは言った。

「ウォレンを待たずに朗読を始めましょうか、シーア。ウォレンならきっと気にしないでしょう」

アルシーアは読書用ランプの置かれたテーブルに椅子を一、二インチ（約二・五から五センチメートル）引き寄せ、前置きの小さな咳(せき)払いをした。この咳払いを聞くたび、わたしは、『ベーオウルフ』（八世紀ごろ、古英語で書かれた長大な叙事詩。英雄ベーオウルフの冒険を描く）の翻訳不可能な冒頭部分の単語を思い出す（『ベーオウルフ』の唯一の写本は一七三一年の火災により損傷を受け、読みとり不可能な部分がある。そのことを指しているのか）。そして、朗読が始まり、半分ほど進んだころ、階段を駆け下りる足音が聞こえてきた。

だが、足音は居間に入ってくることなく、方向を変え、つまずきながら、屋敷の裏側へ走っていった。次の瞬間、勝手口の扉がばたんと荒々しく閉まった。

出ていったのはウォレンだとなぜ確信したのかわからないが、とにかく全員がそう確信した。カーンズ夫人が傍らの、屋敷の側面の窓へ不安そうに目を遣った。といっても、外のこの雨と闇では、何も見えるはずがなかった。

「あの子、こんな嵐の中を出ていくもんじゃないわ」カーンズ夫人の声には心配が滲んでいた。「びしょ濡れになってしまいますよ」

「追いかけて、どうしたのか訊いてこようか」ジョージが扉へ向かった。

だが、行きつく前に、車のエンジンのかかる音が聞こえた。数秒後、ウォレンの古い型のフォード車のヘッドライトが居間の窓を次々と通り過ぎ、私道を曲がって見えなくなった。さらに数秒後、最高速度を出すエンジン音がして、車は雨の中を走り去り、行方知れずになった。次にウォレンの姿を見るのは翌日の朝だった。

第八章 「――そして、突然の死が」

その夜、われわれは真夜中をとうに過ぎても眠れなかった。少なくとも、わたしは。まず、みなで一緒にウォレンの帰りを一二時過ぎまで待った。だが、彼は帰ってこなかった。そのあとようやく、それぞれ寝室へ行ったのだが、ジュディスが、どういうわけでみな訳のありそうな口調でティムのことを話すのか教えてくれるまでは寝ないと言った。

いったい何を言っているのかと思ったが、そういえば、前日の夜、ウォレンに宛てられた二年前のティムの遺書が出てきたときジュディスは居間におらず、そのあとわたしたち二人はジュディスが発見した例のイングリッシュ夫人の中傷の手紙を話題に大いに興奮し、そして、言うまでもなく、マーガレットが部屋に入ってきて仰天し、わたしはジュディスにその話をするのをすっかり忘れていた。

遅まきながらジュディスに経緯を話し終えると、彼女は引き上げた片膝を、組んだ両手で抱え、陰鬱な目で長いこと黙っていたが、やがて口を開いた。

「ピート」聞こえるか聞こえないかの声だった。こんな弱々しい声を出すとは、まったくジュディスらしくなかった。「ティムにそんなこと言った人間は生きてる価値ないよ。もし犯人を見つけたら……」

ウォレンのセリフとほとんど同じだった。それを言おうかと口を開きかけたとき、わたしはふと、あることを思い出した。二年前の春の始め、つまり、ティムが命を絶つ一カ月ほど前のこと、アルシーアが、ジュディスはティムに恋心を抱いているのではないかと真剣に疑っているところだと、わたしにこそこそ言ってきたのだ。そのときは、わたしはそれを笑い飛ばした。というのも、アルシーアは男女の仲をとりもつのが根っから好きで、どこかにロマンスの芽生える気配はないかと始終嗅ぎ回っているからだ。しかも、控えめで少女のような恥じらいを見せるティムが、無鉄砲なジュディスを好きになるなんて一〇〇パーセントありえないように思えた。だがこのとき、アルシーアは正しかったのかしらという思いが不意に湧き上がってきた。まちがっていたのはわたしだったのだろうか。

「もしかしたら」何か返事をしなければと思い、わたしは頼りない調子で口を開いた。「ティムはほかの医者に診てもらったんじゃないかな。その医者が悪気なく、病状に注意しなさいと忠告しただけなのかも」

ジュディスは虚ろな瞳をわたしに向けた。「そんなこと、ほんとは思ってないでしょ。あたしだって思わないよ、ピート」相変わらずジュディスらしからぬ弱々しい声だった。「誰であろうと、あと何カ月も生きられないって本人に言うなんて、猛烈に悪気があるよ。まあ、まさかあんなことさせようと……ティムに死を選ばせようとしたわけじゃないとは思うけど、でも、だからといって罪は軽くならないよ」

そして、なんの前触れもなく、ジュディスはのけぞって笑い始めた。

「まったくね！」ジュディスは大声で言った。「あたしたちみんな、麻疹（はしか）にでも罹（かか）ったみたいにお涙ちょうだいの通俗劇を始めたね！　ティムが見てたらクスクス笑ってるよ！」

だが、彼女の大きな笑い声に、わたしはごまかされなかった。実に不自然なけたたましさだった。

ジュディスは、よく含み笑いはするけれど、しかも、ときおり必要以上に含み笑いをするかもしれないけれど、けたたましい笑い方は決してしない。

そのあと、わたしはしばらく寝つけず、ジュディスとティムのことを、そしてウォレンとイングリッシュ先生のことを考えていた。考えているうちに、具体的な疑問がいくつか浮かんできた。なぜイングリッシュ先生は当初の予定のように朝まで待たずに、今夜〈アーリー〉まで車を走らせようと決めたのだろうか。ティムの病状を話した相手を思い出したからだろうか。そして、なぜウォレンはあんなふうに屋敷を飛び出し、嵐の中を車で行ってしまったのだろうか。イングリッシュ先生に何か用事でも頼まれたのだろうか。でも、もしそうなら、なぜわれわれにそれを言わなかったのだろうか。それにしても、イングリッシュ先生が到着するや、先生と夫人は二人で二階に上がったきり姿を見せていない。

ちょうど、うとうとしてきたころ、階下の正面玄関の扉を激しく叩く音にぎくりとして、わたしはまたもやぱっちり目を開けてしまった。ジョージが暗闇の中を手探りしながら階段を下り、玄関に出るのが聞こえた。そのあと、男性の声がして、ジョージと誰かが玄関広間で話し始めた。

一分ほどすると、ジョージが今度は何かしらの明かりを手に、二階へ戻ってきた——通り過ぎたとき、部屋の扉の下の隙間から光が見えたのだ。ところが、彼は自分の寝室へ戻らず、さらに先の扉へ廊下を進んだ。ほどなく、声を潜めてイングリッシュ先生と話すのが聞こえてきた。

このときには、あちらもこちらもすべての寝室の扉が開いていた。ジュディスとわたしの寝室の扉も。アルシーアが、いったいどうしたのと答えを急かすように訊いた。

「そこの道路で自動車事故があったらしい」ジョージはアルシーアの待つ寝室に戻りながら言った。

「濡れた路面で車がスリップして横倒しになって、男性がその下で挟まれてるそうだ。かわいそうに！　イングリッシュ先生と一緒に助けに行ってくる」

みな口々に、ケガ人に同情する声をあげた。

「人手は足りますかな」テディー・タトルが寝室の扉のところから訊ねた。続いて、シムズさんも脇の廊下のはずれから同じ質問をした。

「いや、大丈夫です」ジョージは答えた。「車にはもう一人同乗者がいて、ケガはしていないので三人いればどうにかなるでしょう」

ジョージは自分の寝室へ姿を消して服に着替え、あたかもそれが合図のように、二本の廊下沿いの扉は次々と閉まっていった。数分後、ジョージとイングリッシュ先生が一緒に階段を下りて屋敷を出ていくのが聞こえた。

だが、こうなると、われわれもすっかり目が冴えてしまい、すぐには心穏やかになれなかった。そういうわけで、アルシーアがジュディスとわたしの寝室の扉を叩き、男性二人が戻ってきたときのために台所でコーヒーを用意するけれどもあなたたちも一杯いかがと訊いてきたとき、わたしたちはいただくことにした。

ジュディスがスリッパの片方を見つけるのに数分かかったので、ようやく階下へ行ったときには、アルシーアのほかにマーガレットとタトル夫人もいた。コーヒーを飲みながら事故についてあれこれ憶測を巡らせていると、イングリッシュ夫人もふらふらと下りてきて、コーヒーをちょうだいと言った。イングリッシュ夫人は金属製のカーラーのようなものに髪を巻きつけていて、彼女の母親がヤマアラシに遭遇してギョッとしたらこんなふうになるのではないかと思わせた。ピンクのパジャマの上に真紅の化粧着を羽織った彼女はコーヒーをすすりながら、また頭が痛くなってきたし妙な耳鳴りもするとぶつぶつ言った。その日の朝は、ただの仮病だろうとわれわれは決めてかかっていたけれども、このときの様子を見るに、嘘ではなかったのだとわたしは思った。彼女はかなり気分が悪そうだった。

そもそもわたしたちが台所に集まったのは、ジョージとイングリッシュ先生の帰りを待って事故の話を聴きたかったからだったが、一時間がゆっくりと過ぎても、なお二人は現れなかったので、おそらくもう一人の男性と一緒にケガ人を病院まで運び、ひょっとしたら朝まで帰ってこないかもしれないという話になった。そういうわけで、わたしたちはそそくさと二階へ戻った――イングリッシュ夫人が、この頭痛をどうにかしてほしいのに医者の夫がいないなんてとこぼしたので、アルシーアがアスピリンをあげましょうかと言ったが、彼女はそんなものの触るのも嫌だと断った。

その夜はほかにもいくつか出来事があったが、記憶はあいまいにしか残っていない。そのたびに少しは目を覚ましたものの、のちに重要な証言ができるほどはっきり目覚めたのは一回だけだった。だが、鮮明に思い出せることだけでなく、漠然としか思い出せないことも記そうと思う。

その夜、二度目の眠りに落ちようとしていると、廊下の暗がりを手探りで進む音が聞こえてきた。いや、聞こえた気がしただけか。やはりイングリッシュ夫人の気が変わって、アスピリンがしまってあるとアルシーアの言っていた洗面所の薬棚へ捜しに行くのかなとぼんやりした頭で思ったことだけは今も憶えている。だが、そんな考えを巡らせているうちに眠ってしまったのだろう。最後に足音がどこへ消えたのかは聞いていない。

次に目が覚めたのは、おそらく夜明け直前だったにちがいない。窓が灰色がかった長方形になり始め、部屋はぼんやり薄明りに満ちていた。影が落ちるほどではないので、あらゆるものが幻想的に、あるいは平面的に見える、そんな明るさだ。すでに雨は止んでいたが、庇からはまだ雨水が、そばの窓の下にある張り出し玄関のブリキの屋根の上にぽつりぽつりと落ちていた。

その音を横たわったまま夢現に心地よく聴いていると、次第に、違う音がしているのに気づき始めた。誰かが階下で歩き回っている。静かにしようという気がまったくなさそうだ。

いったい誰だろうと思いながら、わたしは落ち着きなく寝返りを打った。病院から戻ったジョージとイングリッシュ先生でないのは確かだ。二人なら、まだ家じゅうが眠りについているのに配慮するはずだ。

正体のわからぬその人物は、今度は階段を上り始めた。おぼつかない足どりで、バランスを保つのに苦労している様子だったが、それでも、確固たる目的があるかのように前進していた。足音は、階段が方向転換する踊り場にさしかかると止まった。一、二秒して、扉がそっと閉まるのが聞こえた――装飾のない羽目板の、体がぶるっと震えるような空気を漂わせている、あの不気味な緑色の扉が！

今も理由はわからないが、静かに扉が閉まった音に、不吉な予感が冷たい波のようにわたしの全身に押し寄せた。聞こえてきた引きずるような足音は人間のものではないという馬鹿げた想像がわたしの頭をよぎったからかもしれないが、今となっては思い出せない。はっきり憶えているのは、身の毛がよだつほどの激しい恐怖にいきなり襲われたことだけだ。すると、また違う音がして、強烈なパンチをわたしのみぞおちに喰らわせた。別の扉が静かに開き、そして閉まる音。今度は、わたしの寝ている部屋の扉が！

わたしは窓のほうに顔を、扉のほうに背中を向け横向きに寝ていた。恐怖で心臓が三回打つあいだ、その姿勢を保っていた――振り向いたら何が目に飛び込んでくるのかと思うと振り向くのが恐ろしく、振り向かなければ何が忍び寄ってきてわたしの首を絞めるのかと思うと、振り向かないのも恐ろしかった。想像だけが巡る、地獄のような時間だった。

それでも、わたしは振り向いた。相変わらず眠っていて体をたまたま動かしただけというように。だが、まつ毛の向こうが見えるよう、目はできるだけ薄く開けていた。その目に映ったのは、人間の喉笛を求めて鉤爪のついた手で貪るように探りながら床を這い進む不気味な生き物でもなければ、アリスの言う幽霊らしき〝白い服の女〟でもなかった。こうした何かがいるのだろうと多少の覚悟はしていたが、しかし、実際に見たものは、恐ろしくはなくとも、それ以上にわたしを驚かせた。

ジュディスが立っていた。正確には、閉めた扉にもたれかかっていた。早朝の白い光の中でさえ、死人さながらの蒼い顔が見てとれた。片方の手は、息もできぬほど激しく打つ心臓の鼓動を鎮めようとするように胸を押さえ、もう片方の手はなおも扉の取っ手を握りしめていた。数秒のあいだ、立ったまま微動だにしなかった。ただ、荒い呼吸に、胸だけが上下していた。そのあと、わたしがまだ眠っているのを確認するように不安そうな目をこちらに向けると、音を立てずに自分のベッドまで進み、着物風の化粧着もスリッパもそのままに体を横たえた。次の瞬間、彼女の枕から押し殺したすすり泣きが聞こえてきたので、わたしは文字どおり言葉を失った。

いったいどうしたのかと声をかけたくもあったが、ある一点が思いとどまらせた。わたしはこれまでジュディスが泣いているのを見たことがない。彼女の性格から判断するに、わたしにであれ、誰にであれ、このとき泣いていたのを知られるくらいなら死んだほうがましにちがいない。そういうわけで、彼女のためを思い、わたしは眠っているふりを続け、そのまま理由を訊ねる機会を失った。

永遠に朝――起床の時間ということ――が訪れないような気がしていたが、やがて訪れた。嵐のあとの空は抜けるように青く、芝生や低木が南国を思わせる鮮やかなエメラルドグリーンに輝いていた。この溢れんばかりの自然は、朝食をいただくためにぞろぞろと食堂に下りてきたわれわれ全員のかさかさした気持ちを多少なりとも和らげた。

「全員の」と言ったが、これは正しくない。われわれのうち四人は姿がなかった。ジョージ、イングリッシュ先生、ウォレン、そしてイングリッシュ夫人。

タトル夫人が人数を確かめるように、朝食のテーブルにぐるりと視線を巡らせた。

「みなさん、いったいどこにいらっしゃるの」意識して朗らかに、少々そわそわした様子でタトル夫人は言った。「今朝は、みなさんお揃いでないようですわね」

コーヒー沸かし器を握った手をせっせと動かしていたアルシーアが目を上げ、「ジョージとイングリッシュ先生はまだ戻ってこないんです」と答えた。「きっと、あのあと、村で宿をとったんだと思います。二回もわたしたちを起こしたくなくて。でも、イングリッシュ夫人とウォレンは……」

誰か理由を考えてくださいとでもいうように、アルシーアは言葉を切った。親切なカーンズ夫人が自分の考えで会話をつないだ。

「きっと」カーンズ夫人は言った。「マーガリートはまだ頭が痛いんでしょう。アルシーア、ちょっと二階へ行って、朝食を運んでほしいか訊いてきましょうか」

アルシーアは険しい表情こそ見せなかったが、意識はしていなかったにせよ、その内心は伝わってきた。

「いいえ」アルシーアは言った。「そっとしておきましょう。そんなに具合が悪いなら、朝食だっていらないでしょうから」

愛想よく答えたけれど、言わんとすることはみなわかっていた。仮病の女のベッドまで朝食を運んであげるなどちょっとばかり面倒ですから今後いっさいごめんですわ、というわけだ。

「ウォレンはどうしたのかね」と声がした。

誰かが答えるかと、全員が全員の顔を見た。すると、口を開いたのはマーガレットだった。

「今、思ったんですけど!」マーガレットは悲愴な目で、情感たっぷりに黄色い声を張りあげた。「きのうの夜の、あの事故! ウォレンは車に乗って出ていきましたよね!」

それは考えてもみなかった。その発言に、みな息を呑んだ。あとに続いた静けさを破ったのはジュディスだった。

「違うよ」ジュディスは低い声で言った。「事故に遭ったのはウォレンじゃないよ。きのうの夜、帰ってくるのを聞いたから」

「帰ってくるのを聞いたの?」アルシーアは、シムズさんに渡そうとしていたコーヒーカップを危うく落としそうになった。「何時ごろの話?」

ジュディスは自分のコーヒーをごくりと飲み、それから答えた。

「二時五分くらい。そのちょっと前に時計が鳴るのを聞いたから」

なぜだかわからないが、確実な証拠でも握っているように、わたしにはジュディスが嘘をついているのがわかった。

アルシーアが続けて質問しようとすると、屋敷の側面のポーチの扉が開き、ジョージとイングリッシュ先生が入ってきた。とたんに、われわれはウォレンを心配していたのを忘れ、二人に向かって矢継ぎ早に事故についての質問を浴びせた。

「最初に恐れていたほどひどい事故じゃなかったですよ」イングリッシュ先生はそう言いながらテーブルの席につき、アルシーアの差し出したコーヒーを受け取った。「脇道から本道に入ろうとして曲がったとき、スリップしてぬかるみに突っ込んで、横倒しになってね、運転手が左腕を挟まれた。もちろん腕は折れましたがね。二、三のひどい打撲もあったが、まあ、それほど深刻じゃない。一日か二日もすれば元気に動き回れるでしょう」

「わたしたちの知ってる人?」アルシーアはジョージを見て、問いかけた。

ジョージは首を横に振り、「このあたりの田舎の人じゃない」と答えた。「その男性も、昨晩ここへ助けを求めに来た彼の友人も、フィラデルフィアから来ていて、釣りをするためにここから一マイル(約一・六キロメートル)ほどのところにテントを張っていたらしい。嵐でテントが水浸しになったから、村に行こうとしていて事故に遭った」

この説明の前半に、わたしははっとした。ひょっとしたらケガをした人、あるいはその連れ合いは、前日の朝に出会ったわたしの赤毛の友人ではないだろうか。だが、わたしがそれを訊ねる前に、イングリッシュ先生が口を開いた。

「ところで」イングリッシュ先生は朝食のテーブルをぐるりと見回した。「今朝は、マーガリートはどこでしょうね」

「まだ下りてきていらっしゃらないんですよ」アルシーアは先生に言った。「きのうの夜の頭痛のせいで、寝ているんじゃないかしらと思って。だから、そっとしているんです」

イングリッシュ先生の表情が曇った。「ちょっと上へ行って、様子を見てきます」と言いながら、先生は椅子を押し下げた。「まだ頭痛がよくならないなら、痛み止めでも飲ませましょう」

　イングリッシュ先生が行ってしまうと、われわれは事故のさらに詳しい話をジョージから聞いた。それによって、ケガをしたのはテッド・トリローニーでなく友人のテンプルトン氏だとわかった。

「あのトリローニーという男はちょっと変わっててね」と、ジョージは言った。「血を見るのを嫌がることといったら、もう、女々しくて——あの手の男性にしちゃ珍しい。それでも、テンプルトンさんの頭のかなりひどい切り傷に先生が包帯を巻くとき、手伝うと言って聞かないんだよ。いつ卒倒してもおかしくないように見えたけどね。彼ときたら——おや、どうしましたか、先生」

　イングリッシュ先生が食堂に戻ってきた。不安でいっぱいとは言わないまでも、それに近い表情だった。

「マーガリートが二階にいません」イングリッシュ先生が言った。「妻が……妻が消えてしまった」

「消えてしまった？」全員が呆けたような顔で、その言葉をくり返した。

「朝食をいただく前に朝のお散歩に出かけたんじゃないかしら」そうした行為はマーガリート・イングリッシュにそぐわないような気がしたが、カーンズ夫人が思いつくままに言った。

　すると、イングリッシュ先生がその憶測を否定した。「いえ、パジャマのまま出かけることはないでしょう。服はどれもそのままなんです」

　散歩の可能性は消えたように思われた。しかし、二階でも一階でも名前を呼んでみたが、姿の見えないイングリッシュ夫人からの応答はなく、屋敷じゅうの考えられそうな場所も隈なく捜してみたけれども痕跡さえなかったので、ともかく家の外も見てみようということになった。だが、またしても試みは実を結ばなかった。庭も、アルシーアの書斎も、車庫に改装した古い納屋の中までも捜したが、彼女につながる手がかりはなかった。

「森の中へお散歩に行ったということはないかしらね」アルシーアがやる気のなさそうな渋面で、裏庭から白樺と常緑樹の雑木林の奥へと続いている小径に目を遣りながら言った。とはいえ、本気でそう考えているわけではなかった。

「パジャマのままってことないでしょ」わたしはすかさず言った。「それに、もし森へ行ったのなら、ぬかるみに足跡があるはず。でも、小径にはでこぼこ一つない。ついでに言えば、家の正面の道にもでこぼこはないわね」

「この手の推理はピートに任せましょう」マーガレットがわたしに向かってにっこりした。「それにしても、マーガリートさん、外にも中にもいないっていうなら、いったいどこかしら」

こうなると事態は不可解で、胸のざわつく様相を呈してきた。そこでジョージが、家に戻って上から下まで徹底的に捜してみようじゃないかと提案すると、みな同意した。誰もが心の奥で、イングリッシュ夫人は体調がひどく悪くなって、家の中のわれわれが思いも寄らぬ場所で気を失って倒れ、そういうわけで、こちらの呼びかけに返事をしないのだろうと考えていたのではないだろうか。

わたしは夜明け前に聞いた足音を思い出し、この推測の裏づけになると考えた。そこで、それを伝えようとすると、アルシーアが口を開いた。

「アリスに言っておかなきゃ」あとで忘れないようにと自分に言い聞かせる口調で、アルシーアはぶつぶつ言った。「今朝、部屋のランプを点けっ放しで下りてきてるわ」

わたしは何気なくアルシーアの視線の先を追った。あの緑色の扉の部屋の、窓の途中まで引き下ろされた日よけの下から、朝日を背に、やけにギラギラと薄気味悪くランプの光が数インチほど漏れ出している。そのとき不意に、アリスはあの部屋を使わず洗濯場の簡易寝台を寝場所にしたのを、わたしは思い出した。アルシーアに伝えるのをすっかり忘れていた。

これはおかしいという顔をわたしはしたにちがいない。アルシーアが不思議そうなまなざしをこちらに向けた。「どうしたの、ピート」アルシーアは言った。「なんだか……妙な顔して」

「あのランプ、アリスが点けたんじゃない」わたしは答えたが、出てきた声がかすれていたのに自分でも驚いた。「あなたに伝えるのを忘れてた。アリスは洗濯場で寝てるの」

われわれの前を歩いていたイングリッシュ先生が、つと足を止め、「なんですって」と肩越しにこちらを見て、問いつめるような口調で言った。「なら、あのランプは――」

そして、その先を言わず、誰かの答えも待たず、屋敷に向かって走りだした。

われわれも先生のあとにぴたりとくっついた。先生は階段を駆け上がると、緑色の扉を勢いよく開けた。こうして全員が同時に、その向こうに横たわるものを見た。

鉄製の一人用ベッドに横たわっていたのは、マーガリート・イングリッシュだった。その姿はあたかも棺台の上で埋葬を待つかのごとく整えられ、真紅の化粧着を屍衣のように巻きつけていた。ベッドの頭の側にランプが一つ、小さな洗面台の上面に施した大理石の上で灯り、さらにもう一つが、彼女の足元の椅子の上で灯っていた。だが、何よりぞっとしたのは、静かに組んだ両手の下にジョー＝パイ・ウィードが一本置かれていたことだった。

第九章　自殺か、他殺か

その後の数分間は、今思い出しても夢のように感じる。全員で扉のところに立ち尽くし、その向こうの部屋の中の光景を凝視していた。あたかも、これは芝居の一場面で、第一幕を見逃してしまい、そのために意味をつかみかねているといったように。

イングリッシュ先生がゆっくりと奥へ歩を進め、そして止まり、妻の姿を見下ろした。先生は体の脇で両方の手を自分ではどうにも抑えられない痙攣のように握ったり開いたりしていたが、妻に触れようとはしなかった。あたかもしゃべりかけるように一度だけ口を開いたけれども、言葉は出てこなかった。

続いて、ジョージが部屋に入った。だが、ベッドの上で微動だにしない不気味な姿を見て足を止め、そこに留まっていようか、それとも歩み出そうか、明らかに決めかねているようだった。結局のところ、そのどちらでもなく、くるりと振り返って、われわれに面と向かった。

ところが、ジョージが次の行動に移ろうとすると、われわれの背後から邪魔が入った。二階の廊下をこちらへ向かってくる足音だった。と、階段のてっぺんからウォレンの声が飛んできた。

「そんなところで、どうしたんですか」耳障りな声でウォレンは言った。

われわれはみな振り向き、無言でウォレンを見つめた。ウォレンはわずかに血走った目をこちらに返した。同時に、視界をなのか、思考をなのか、あるいはその両方なのかを明瞭にしようとでもするように額を片手で無意識に拭った。

「そんなところで、どうしたんですか」最初の問いかけに誰も答えないので、ウォレンはもう一度言った。「誰か何か言ってくださいよ」

答えたのはジョージだった。ジョージは後ろ手に扉を引いて閉めながら、部屋から出てきた。

「イングリッシュ夫人が亡くなった」ウォレンに向かって言ったのだが、実際はわれわれ全員に告げていた。「状況がなんとも……奇妙だ。さあ、みなさん、特に女性の方々、下に行ってください……ええと、何が起こったのか、もっとちゃんとわかるまで」

不思議な話だが、現実が言葉に置き換えられ、それを耳で聞くと、ほかのどんな手段にも増してその現実を強く実感する。目に映った瞬間から、われわれはみな、イングリッシュ夫人は死んだのだとわかっていた。けれども、ジョージが口にして初めて、その冷酷で揺るぎない事実に打ちのめされた。ジュディスが息を止め、わたしの腕をぎゅっとつかんだ。同時に、タトル夫人が小さな悲鳴をあげた。タトル夫人はこの緊張のさなかでさえ、淑女たる態度を保つのを忘れなかった。そうして、何はともあれ、われわれは小走りに階段を下りて居間へ入ると、椅子やソファーの上で縮こまり、当惑と恐怖の目で互いを見遣った。

ここにいる全員の心の奥にあったにちがいない思いを、最初に口にしたのはテディー・タトルだった。

「このことで、われわれは不快極まりない事実と向き合わねばならなくなるでしょうな」妻の座っている椅子の背に片手を置いて立っていたテディー・タトルは言った。「ですから、後回しにせず、この場で向き合おうではないですか。イングリッシュ夫人の死に方は自然ではなかった」

マーガレットが組んだ両手を固く握り、関節が白くなった。「いったい……いったいどういう意味ですか、テディーさん」囁きにしか聞こえない声でマーガレットは言った。

「どういう意味かというと」テディー・タトルは一人ひとりの顔に視線を移しながら答えた。「たとえ自分に死が迫っているとわかっていたとしても、火の灯ったランプを頭と足元に置いてから静かに横たわって最期を待つということは普通はしないでしょう。あの二つのランプと手に握られた切り花は、死の瞬間に別の人物がいた証拠です。行きつく結論は一つ」

「テディー、やめてちょうだい」タトル夫人は正気を失ったように金切り声をあげた。わたしは心から彼女に同情した。タトル夫人の乱れを知らぬ美しい世界では、こうした出来事は起ころうはずもなかった。お気の毒に！　足元から大地ががらがらと崩れてゆく心地だったにちがいない。

だが、タトル夫人のことなど、誰も気にしていられなかった。テディー・タトルの最後のひと言の意味を少しずつ理解し始める、というより、心の中で脇に退けようとしていた可能性を否応なしに突きつけられると、みな、いっせいにしゃべりだし、他人が何を言っているかなどおかまいなしだった。こんな状態が一分ほど続いただろうか。やがて、ジュディスが周囲の無駄口のどれより大きな声を出した。

「聴いて！」われわれの注意を引くにはこうするしかないとでもいうように、ジュディスは椅子から立ち上がり、声を張りあげた。「タトルさんの言うことは必ずしも正しくないよ。もうすぐ死ぬとわかってる人が、上で見たみたいに身の回りを整える場合が一つだけあるよ。つまり、その……その、これから自殺しようってとき」

これは新たな目のつけどころだった。ひどい人間に思えるかもしれないが、正直なところ、そちらのほうがありがたかった。もちろん、イングリッシュ夫人が自ら命を絶ったと考えるのも、それ相当に嫌な気分になったけれど、もう一つの可能性よりはましだった。もし、イングリッシュ夫人が誰かに殺されたのなら、われわれが直面したくない疑問が浮かび上がる――誰かとは誰かという疑問だ。

「死んだ人を貶すのはお上品じゃないって、世間じゃ思われてるのは重々承知だけど」ジュディスは自分の意見に何がなんでも納得してもらいたいのか、固い決意を込めたような口調でしゃべり続けた。「でも、マーガリート・イングリッシュがときどき常軌を逸してたのは、みんなわかってるよね。マーガレットにとんでもなくひどいことをしたのも、もう、みんな知ってるでしょ。ほかにもいろんなことやってる。これは、彼女が自分の人生に満足してなかった証拠だよ。満足してたなら、他人を攻撃しようなんて思わないはず。だから、こんな可能性はないかな。急に気分が落ち込んで、何もかも終わりにしてしまおうと決めたんだけど、最後に、あたしたちをビックリ仰天させようとした。思い出してよ。彼女は、いつだって舞台の真ん中を陣取るのが好きだったし、人をゾッとさせるのだって好きだったでしょ。自殺するなら、彼女の考えつくかぎりで、あたしたちが一番アッと驚く方法で死ぬんじゃないかな」

ジュディスの主張はみごとに筋が通っていた。全員が彼女と意見を同じくしようとしていたにちがいない。すると、マーガレットが口を開いた。

「一つ、わからない点があるんだけど」マーガレットは言った。「あのジョー＝パイ・ウィードは何？」

「あのジョー＝パイ・ウィードは何？」ジュディスは少々呆気にとられたようにオウム返しに言った。

「なんでジョー＝パイ・ウィードがあっちゃいけないのよ。こんなときに、くだらないこと言いたくないけど、百合の花が咲いてなかったから、一番手近にあった花を取ってきただけだと思うよ」

「だとすれば、少しばかり妙な問題が新たに生じるわね」フランが割って入った。口を開くのは初めてだった。「みなさんも今回のことをおどろおどろしい方向へ考えたくないとは思いますけど、彼女はどこからジョー＝パイを持ってきたのでしょう。雨に濡れた庭に出て摘んできたのかしら。彼女がそんなことをするのは想像しにくいわ」

「勝手口の扉のすぐ外に、固まって咲いていますがな」シムズさんが言った。「ポーチを出なくても手が届いたでしょうな」

　こうしたやりとりが続くなか、わたしはぼんやりと、われわれが到着した日の夕方にタトル夫人が食卓の中央を飾るためにつくった花束を見つめていた。このとき花束は食卓から移され、居間の扉のすぐ内側に置かれた小さなパイ皮テーブル（パイ皮のように縁を装飾した小型の円卓）に載っていた。始めは何も意識せずに眺めていたのだが、ジョー＝パイ・ウィードの疑問がもちあがると、わたしの目はおのずと花束の中のジョー＝パイ・ウィードを捜し始めた。そして、ある事実に気づき、その意味を理解するより先に、なんとも言えぬ衝撃に襲われた。タトル夫人が花束の中に入れたジョー＝パイ・ウィードがない！

　わたしは短い叫び声のようなものをあげたにちがいない。五、六人の目が、びっくりしたとばかりにわたしに向いた。

「まあ、ピーターさん！」タトル夫人がわたしのせいで息が止まったとでもいうように、手を胸に押し当てて叫んだ。「いったい、どうなさったの」

　わたしは――恥ずかしながら、芝居めいて――花束を指さすと、「ジョー＝パイが！」と叫んだ。

だった。

「なくなってる！」

その朝、二度目の、われわれの動きが止まった衝撃の瞬間だった。静止を破ったのはマーガレットだった。

「だとしたら、たまたまその花を抜き出したわけないわ」聞きとれないほどの小さな声だった。「わざわざ選んだのよ」

全員の目が、花束からマーガレットの顔へと瞬時に移った。その動作が、まるで登場キャラクターが揃って同じ動きをする『シリー・シンフォニー』（一九二九年から始まったウォルト・ディズニー制作の短編漫画映画シリーズ）の漫画のひとコマのようだったので、わたしは笑いだしたい衝動が抑えられなくなった。このときのわたしの過敏になった精神状態を察してもらえるだろう。

「どういうことなの、マーガレット」カーンズ夫人が言った。極めて冷静に問いかけようとしていたが、残念ながらうまくいっていなかった。

「どういうことかというと」マーガレットは答えた。「あんなに大きな花束を前にしてジョー＝パイ・ウィードを抜き取る可能性はとても小さいということです。何かはっきりした目的があって、あの花を選んだんだわ」

一、二秒のあいだ、またも大騒ぎが始まりそうになった。そのとき、アルシーアがまったく無意識にひと言発した。

「ああ！」周囲の誰より大きな声を出していることにアルシーアは気づいていなかった。「ほら、やっぱり……やっぱり、あの人の仕業だったんだわ！」

場面が移ったように、全員の目がいっせいにアルシーアの顔に向いた。

「何が？」誰かが訊ねた。

アルシーアは自分の舌を嚙んだような、いや、嚙めばよかったというような顔をした。だが、いったん言いかけたものをここで中断すれば、もっと気まずくなると思ったにちがいない。そこで、見るからに無理をして、アルシーアは続けた。

「こんなこと、お話ししたくないのだけれど……」心の中で応援していてねとでもいうように、アルシーアはわたしに目を遣った。「お話ししておいたほうがよさそうね。ティム・ケントに結核だって言ったのは誰なんだろうって、きのうの朝、ピートとあれこれ言い合っていたんです。で、二人の意見が一致して……ああ、口にするのも恐ろしい！」

アルシーアはここで口をつぐみ、ウォレンを見た。ウォレンはわれわれから少し離れたところに、独り、腰を下ろしていた。だが、アルシーアが何を言おうとしているのか察しがついていたとしても、いや、万一すでに聞いていたとしても、そんな素ぶりはまったく見せていなかった。

「続けてちょうだい、アルシーア」フランが促した。その口調を聞くに、わたしたちの憶測についてのアルシーアの打ち明け話を意外に思っていないのは明らかだった。アルシーアがすでにフランに話していたのか、それとも、フラン自身も同じ結論を導き出していたのか、わたしにはわからなかった。

「それで」アルシーアは、いきなりぷつぷつと予期せぬところで言葉を切りながら話を続けた。「たった今、思いついたんです……イングリッシュ夫人が、ティムに何か言っていたとしたら……何かって……余命わずかだってティムが思うような、そんなこと……イングリッシュ夫人、きっと、それを後悔して、それで……えっと、命を絶とうと決めたとき、ここに下りてきて、あのジョー＝パイ・ウイードを抜き取って、それを……なんていうか、告白のしるしにしたんじゃないかしら」

アルシーアだとしても、かなり長い発言だった。彼女は話し終えると、やり遂げたという安堵のため息とともに、残っていた息を吐き出した。

この新たな仮説にウォレンはどう反応するだろうかと、わたしは彼を盗み見た。両手を椅子の肘掛けにだらりと載せ、顎（あご）はがくりと胸の前に突き出し、彼はそれまでと変わらぬ格好で腰を下ろしていた。自分の周りで起こっている出来事を目の当たりにしてか、それとも、気に病んでか、げっそり疲れきった顔をしていた。

「つまり、あなたの考えでは、イングリッシュ夫人は自ら命を絶とうと決め、その理由は――」テディー・タトルは言いかけたが、口をつぐんだ。階上で扉が開き、閉められ、続いて足音が階段を下りてきたかと思うと、ジョージが居間に入ってきた。

「言いにくい話をしなければなりませんが」ジョージは言った。「イングリッシュ夫人の死に方は不自然です。あの姿を見たとき、みなさんもそれは気づいたでしょう。イングリッシュ先生によれば、何かしら毒を飲んだか、飲まされたか。ですが、検死官が到着するまでは詳細に調べることはできないそうです」

「検死官！」シムズさんが女性のような裏声で悲鳴を上げた。「ということは……警察ですな」

「そのとおりです。残念ながら」ジョージは重々しい口調で答えた。「おわかりでしょうが、この状況では事故死とはとても考えられません。こんなことを言わなければならないのはつらいですが、警察の捜査は避けて通れないでしょう」

第一〇章　捜査が始まる

一時間ほどして警察がやってきた。まず、郡の検死官。おとなしそうな小柄の男性で、たいていは公務でなく開業医の仕事に従事しているのではないだろうか。それから制服姿の州警察官が二人。到着するや三人は階段をどしどしと上り、緑色の扉の部屋に入ると、一〇分ほど出てこなかった。やがて、警察官の一人がジョージとともに下りてきた。

「こちらは、ウォーターズ巡査部長」とジョージは緊張気味に紹介し、続けて、居間にいたわれわれを一人ずつ彼に紹介しようとすると、ウォーターズ巡査部長はそれを遮った。

「いや結構です、ミスター・レイバーン」巡査部長は言った。「事情を伺いながら、名前をお訊ねしますから」

巡査部長は扉の木枠にもたれ、われわれを見渡した。その視線に、少なくともわたしは、面通しのために警察本部で並ばされている容疑者の気分だった。のちにわかるのだが、この巡査部長はとても思いやり深い、有能な警察官だった。だが、この初対面では、ドラキュラとフランケンシュタインの造った怪物を足して二で割ったような印象のほうが強かった。

「それでは」巡査部長は言った。「どなたでも、どんなことでもかまいません。昨晩の出来事をお話しいただけませんかね。ミスター・レイバーンとドクター・イングリッシュが午前一時までの話はしてくれました。そのあと、お二人は呼ばれて家を出ていってしまったとか。どなたか、その続きをお話しください」

われわれは互いにこそこそと視線を交わしたが、進んで口を開こうとはしなかった。ウォーターズ巡査部長は三〇秒ほど待ったのち、唐突にウォレンのほうを向いた。

「そこの隅におられる、あなた」ウォーターズ巡査部長は言った。「あなたからお伺いしましょう。まず、お名前は」

ウォレンはゆっくりと頭を起こし、巡査部長を見つめた。警戒か、嫌悪か、あるいは、その両方を示すような複雑な表情を瞳に湛えていた。

「名前はウォレン・デーンです」ウォレンは答えた。「ですが、申し訳ないですけど、ほかの人にお訊ねになってください。昨晩はこの家にいなかったので」

この発言に巡査部長は興味をもったらしく、「あなたは、このお呼ばれ会だかなんだかの招待客ではないんですかね」と訊ねた。「ここにいらっしゃる全員がそうだと思っていましたが」

「ええ、僕もそうです」ウォレンは答えると、両目と額の上を片手で拭った。イングリッシュ夫人の死体が発見された直後に二階の廊下で見せたのと同じ仕草だった。「ですが、昨晩はここにいなかったんです」

「ならば、どこにいたんでしょう」

「それは重要でしょうか」

「おそらく。言いたくないのであれば、なおさら」巡査部長は冷淡に返答した。

「わかりました」ウォレンは苛立った声で応じた。「外へ酒を呷(あお)りに行ったんです。おかげさまですっかり酩酊できたので、いったい何時にここへ戻ってきたのかさえ、さっぱり見当がつきません」

ウォーターズ巡査部長は、二通りの質問のうちどちらで攻めようかと決めかねている様子だったが、しばらく迷ったのち決めたようだった。

「みなさん人数が多いので、それぞれ同部屋のお相手がいると聞いています」巡査部長は言った。

「あなたのお相手は」

「セオフィラス・シムズ氏です」とウォレンは言い、シムズさんに向かってうなずいた。

巡査部長は、それまで存在に気づかなかったとでもいうような態度でその小柄な男性を見遣ると、

「昨晩、ミスター・デーンが部屋に入ってくるのを聞きませんでしたか」と問いかけた。

シムズさんは首を横に振り、「いいえ」とお得意の申し訳なさそうな笑顔で言葉を包み込むように答えた。「レイバーンさんとイングリッシュ先生が一時ごろ出ていくのは聞きましたがね。みなさん、お聞きになってると思いますよ。そのときは、デーンさんはいませんでして。ですが、それ以降、物音はいっさい聞いておりません。あたしは眠るときは赤ん坊のように眠ってしまうもので」最後にシムズさんは、実直さを誇るようにつけ加えた。

巡査部長は、なるほどそうでしょうという顔をした。

「ほかにどなたか」巡査部長は、二人を除いた面々に視線を走らせた。「ミスター・デーンが戻ってきた時間についてお話しになれる方はいらっしゃいませんか」

わたしは、ジュディスが朝食の席で言ったことを思い出し、彼女に目を向けた。ほかにも数人が彼女を見ていた。われわれの視線が刺さったかのように、ジュディスはいきなり口を開いた。

「はい」ジュディスは言った。「二時を数分過ぎたころです。デーンさんが階段を上りながら咳(せき)払い

するのを聞きました」

巡査部長は「ほう」という表情でジュディスのほうを向き、「ありがとう」と言った。「なぜ時間がわかったのか教えてくれますか、ミス――お名前は？」

「ジュディス・ノートンです」ジュディスは言った。「時間がわかったのは、その数分前に時計が鳴ったからです。ジョージと――レイバーンさんのことですけど、イングリッシュ先生が出ていってしまってから、あたしたちのほとんどが一階に下りてきて、コーヒーを飲みながら、二人が帰ってきて自動車事故の話をしてくれるのを待ってたんです。一時四五分になっても帰ってこなかったので、あたしたちは二階へ戻りました。でも、コーヒーを飲んだせいで、すぐには寝つけなかったんです」

ウォーターズ巡査部長は、この証言をしっかり頭に刻んでいるような顔をしていた。「ほかにどなたか、ミスター・デーンが帰ってくるのを聞いていませんかね」

わたしは自分の聞いた足音のことを考え、話したほうがよさそうだと判断した。

「聞いたかもしれません」わたしは言った。「わたしたちが二階へ戻ってしばらくして、二階の廊下を誰かが歩く音、というより、手探りするような音を聞きました。けれども、そのときは、デーンさんの音とは思いませんでした。イングリッシュ夫人ではないかと思いました」イングリッシュ夫人が頭が痛いと言っていたこと、アルシーアがアスピリン錠があるわよと言っていたことをわたしは説明した。

「では、ミス・ノートンが言った咳払いは聞いていないんですね、ミス――」

「ピーター・パイパー――あ、いえ、キャサリンです」わたしはまったく間抜けにも、自分の名前を訂正した。「はい、聞きませんでした。でも、ちょうど、うとうとしているときだったので気がつかなかったのかもしれません」

自分の名前も決められないような人間の証言はあまり信用したくないとでもいう目つきで巡査部長はわたしを見たが、特に言及はせず、またみなに問いかけた。

「ほかにどなたか、そのあとの音を何か聞いていませんか」

今にして思えば、夜の明ける直前に聞こえた別の音のことも伝えるのが市民としての義務だったろうが、わたしは黙っていた。話せば、ジュディスを巻き込んでしまう。それはしたくなかった。たとえ寝室にこっそり戻ってきて理由はわからないがしくしく泣きだしていたとしても、ジュディスがイングリッシュ夫人の死因について何か知っているのではないかと疑っていたわけではない。いや、それより、このときのことを説明するとすれば、ジュディスがするのが筋だろう。だが、彼女はだんまりのままだった。

「では、ミス・パイパーまでの証言をまとめると」誰も何も言わないので、ウォーターズ巡査部長は続けた。「ミセス・イングリッシュの最後の生存が確認されたのは一時過ぎから一時四五分までのあいだで、彼女は一階に下りてきて、あなた方の数人とともにコーヒーを飲んだ。そして、その時点では、頭痛を除いて体調になんら問題はなかった。ここまではよろしいですかね」

みないっせいに、もごもごと同意の返事をした。

「そのあと二時五分ごろ」巡査部長は続けた。「ミスター・デーンが帰ってきて寝室に行くのが聞こえた。そして、みなさんが話せるかぎり、それ以降、家の中を動き回った人はいない」

「みなさんが話せるかぎり」という言い回しに、わたしは反感を覚えた。その気になればもっと何か話せる人がいるでしょうと暗に疑っているように聞こえたからだ。

テディー・タトルも同じように感じたにちがいない。不意に、こんなことを言いだした。

「ここにいる全員を代表して質問しますがね、ウォーターズ巡査部長」タトルさんは言った。「どんな捜査が行われるにせよ、多少なりとも関係する者として、わたしどもには知る権利があります。昨晩のこの家の中でのわたしどもの行動、とりわけ正確な時刻をそこまで詳しくお知りになりたいのはなぜですか。死亡時刻を推定する手がかりにしようというだけですか」

巡査部長は、故意でないとしても見下すような視線をタトルさんに向けた。お偉いさんは往々にして一般庶民にこうした態度をとる。

「いえ」巡査部長は答えた。「そうではありません。なるべく多くの人の行動とその正確な時刻が知りたいのは、検死官によって推定死亡時刻が割り出されたとき、それらの情報が極めて重要になる可能性があるからです」

質問も意見も受けつけず、巡査部長はもう一度ウォレンに顔を向けた。

「寝室に入ったあとですがね、ミスター・デーン」巡査部長は言った。「朝になる前に、ふたたび寝室から出ましたか」

ウォレンは半ば小馬鹿にしたような笑みを浮かべて巡査部長に目を遣った。「巡査部長に、昨晩の僕くらい酒に酔った経験がおありかどうか知りませんが」ウォレンは答えた。「もしおありなら、そんな状態の人間が自分は何をしたか、あるいは何をしなかったかなんて、あとあとまで憶えているはずがないのはおわかりになるでしょう。ですが、僕が夜中や早朝に家の中をふらふらしていたとしたら、誰かしらがその音に気づくんじゃないですかね。まったく音を出さなかったとは思えませんね」

巡査部長は唇の両端をぴくりとさせたが、どうにか冷静な表情を保った。そうして、ようやく、わたしがぜひともしてほしいと思っていた質問をした。

「あなたは普段から昨晩のように」巡査部長は言った。「出かけていって——お祭り気分を楽しむんでしょうかね」

「いや、出かけることなど滅多にないし」ウォレンは不愛想に反論したが、やや言い過ぎた。「お祭り気分でもなかった」

「違う？　では、なんだったんでしょうか」

「個人的な話ですので、その質問に答える義務はないでしょう」

巡査部長は鋭い視線をウォレンに向けた。「誰と喧嘩したんでしょうか、ミスター・デーン」思いがけない質問だった。

「誰とも喧嘩などしていません」ウォレンは答えた。「昨晩、外出したのは……ええ、独りになって考えごとをしたかったからです。どんな考えごとかは他人には関係ない」

「ちょっと待ってください」テディー・タトルがまたもや口を挟んだ。「もしあなたがデーン君とイングリッシュ夫人が死んだことを結びつけようとしているなら、巡査部長、その考え方はまちがっています。あなた方がここに到着する前、わたしどもはそのことを話し合っていましてね。正しい答えに行きつきましたよ」タトルさんは、ジュディスの唱えた自殺説をおおまかに説明した。だが、ジョー＝パイ・ウィードをめぐる憶測については省略した。

巡査部長は大いに興味を示したようだった。しかし、口を開く前に、玄関広間から邪魔が入った。

「その仮説は」飛んできたのはイングリッシュ先生の声だった。「まったくもって誤りです」

イングリッシュ先生が階段を下りてくるのを誰も聞いておらず、全員がひどくバツの悪い顔をした。

イングリッシュ先生はガクッガクッとこわばった足どりで、まるでロボットのように居間へ入ってきた。居間の中央まで来ると、立ち止まり、挑むと同時に身構えるような態度で周囲をぐるりと見渡した。

「わたしの妻は自殺などしていません」イングリッシュ先生はこう断じ、落ちくぼんだ目は反論するならしてみろと言わんばかりだった。「妻がそのようなことをする理由はない」

イングリッシュ先生はウォーターズ巡査部長のほうを向き、「おそらくお伝えしておいたほうがよいでしょう、巡査部長」と続けた。「この中には、わたしの妻に敵意を抱いていた人がいる。タトル氏がたった今、妻を——妻の人格を——暗に非難したのはそういうわけです。こうした非難をほのめかしているのは彼だけではないとわたしは確信しています。そのことを……この状況に照らして考えるべきでしょう」

ジュディスとマーガレットが反論しようと口を開いた。が、声を出すより先に、巡査部長がしゃべりだした。

「実に興味深い話です、ドクター・イングリッシュ」不吉な予感のする響きだった。「しかと覚えておきましょう。ところで奥さんの死因について、ドクター自身は何かお考えをおもちですか。この機会におっしゃっておきたいことは」

イングリッシュ先生はほんの一瞬ためらったのち、こう答えた。

「ええ、あります。今、階段を下りてきたとき、わたしはこの部屋にすぐには入らなかった。わたしがいると……なんと言うか、場が気まずくなって、あなたの質問に心置きなく答えられなくなる人がいるのではないかと思いましてね。そこで、部屋の外の玄関広間に立っていたわけですが、パイパーさんが、自分の聞いたのはイングリッシュ夫人が頭痛を治そうとアスピリン錠を捜しに行く音ではないかと思ったとおっしゃっていた。そこで、わたしはこう思うのです。パイパーさんが聞いたのはまさしくその音だったが、妻は無害なアスピリン錠でなく、まちがえて何か別のものを飲み込んでしまった――それが、妻を死に至らしめた」

「いいえ、そんなこと、ありえません！」叫んだのはアルシーアだった。「薬棚に毒の錠剤なんていっさい置いてませんから。それに、あれが不慮の事故のわけないでしょ。わたしたちが見つけたときの、あんな……あんなありさま……」

アルシーアは、思いのほか言い過ぎてしまったとでもいうように動揺し、ここで口を閉じた。だが、そこから先を言う必要はなかった。巡査部長が言葉をつなぎ、アルシーアの言い分を裏づけてくれた。

「不慮の事故という仮説は受け入れられませんね、ドクター」巡査部長は言った。「奥さんの遺体の周囲の状況を見るに、意図が働いていなかったと考えるのは無理がありますよ。しかし、奥さん自身の意図だったのか、ほかの誰かの意図だったのか、結論はのちほど下されるでしょう」

そのとき、ふたたび階段から足音がして、今度は検死官が居間に入ってきた。巡査部長はすばやくそちらへ顔を向けた。向けているあいだは、われわれのことなど頭から吹き飛んでいたようだった。

「何かわかりましたか」巡査部長はわずかに声を落としたが、われわれに聞こえないというほどではなかった。「何か手がかりになりそうなことは」

検死官は神経質そうに小さな咳払いをして、少し申し訳なさそうにイングリッシュ先生に目を遣った。

「死亡時刻は」検死官は答えた。「今日の午前一時から三時三〇分までのあいだと推定されます。死因は何かしらの毒物が心臓および神経系に作用したことですが、毒物の具体的な性質については検死解剖での確認が必要になります」

ジュディス・ノートンが愕然とした表情になるのがわかった。

「三時三〇分！」ジュディスは検死官の言葉をくり返したが、ずいぶん低い声だったので、聞きとれたのは近くに座っていた数人だけだった。かと思うと、今度はいきなり、理由もなく、正気を失ったように笑いだした。

第一一章　探偵ごっこ

ほどなく遺体は検死解剖のために運ばれていった。今、この文章を書きながら、実際に経験するとみぞおちのあたりにひどいむかつきを覚えるとは微塵も知らず、これまで自分は小説にこうした場面をどれだけ描いてきただろうと考え、嫌気がさした。数人の男性が足を引きずってよろよろと階段を下り、玄関広間まで来ると、いくつかの角をどうにか曲がりきって、最後に正面玄関の扉を閉め、出ていった！　目にしていなくても、不気味な音を聞いているだけで、その光景は手に取るようにわかるものだ。当然ながらイングリッシュ先生は別にして、マーガリート・イングリッシュとの別れがとても悲しいと心から口にする人はいなかったけれど、みな、説明できない何かを感じて体を打ち震わせていた。何かとは、たとえば、死に神がわれわれの中に入り込み多少なりとも親しかった人間を打ちのめしたという事実だったかもしれないし、たとえば、神のご加護がなかったならば打ちのめされたのはアルシーア・レイバーンか、マーガレット・ヘールか――あるいは、ピーター・パイパーでもおかしくないという身の毛のよだつ思いだったかもしれない。

死体運搬車が地元の検死解剖施設へ行ってしまうと、ウォーターズ巡査部長は緑色の扉の部屋へ戻り、もう一人の警官とともにこもってしまった。そこで何をしているのかは推測するのみだった。何を推測するにしても、われわれの神経は昂（たかぶ）った。

ジュディスは、検死官が死亡時刻を告げたのを聞いて謎の行動に出たあと、二階の寝室へ行ってしまった。具合が悪くなったのかと訊ねようと、そして——正直に言うが——なぜあんなおかしな反応をしたのか、できることなら理由を突きとめようと二階へ上がっていくと、アルシーアが主廊下の突き当たりにある自分の寝室の扉から、気でも狂ったように身振り手振りでわたしに合図を送っていた。何か用かとそちらへ向かうと、彼女はわたしをぐいと寝室の中へ引き入れ、扉を閉めた。そこにはフラン・ベレズフォードもいた。

「フランが、わたしたちに話があるのよ」アルシーアは声を潜めて言った。といっても、周囲の直径四〇フィート（約一二メートル）以内には誰もいなかったが。「あのね……イングリッシュ夫人のこと」

「倶楽部のみなさんでなく、あなたとアルシーアだけに相談したかったの」フランが話し始めた。「わたしたち三人だけでどうにかできるなら、それに越したことはないと思って。イングリッシュ夫人がつけていたという日記のこと。知ってたかしら、ピート、ジュディスが日記帳を見つけた夜に、あなたとジュディスでその話をしているのをマーガレットが盗み聞きしていたって」

「なんですって！」わたしはぎょっとして声を荒らげた。それがどんなことを引き起こすか、わかりすぎるほどわかったからだ。マーガレットの困った点は秘密を秘密にしておけないことではなかった。秘密にしておけない人にしゃべってしまうことだった。

「そのとおりよ」フランは、わたしの心の声が聞こえたかのようにうなずいた。「それで考えたんだけど、わたしたちでその日記帳を見つけて処分するべきではないかしら——読まずに処分するの」

「何が書いてあったか、永遠に誰にもわからないようにするため？」わたしは言った。

「それもあるけど」フランは答えた。「でも、もう一つ、理由を考えているの。あの州警察官の口ぶりからすると、もしもイングリッシュ夫人が他殺だとしたら、犯人はわたしたちの中にいると考えているのは明々白々。あの警察官が日記帳を見つけて読んだとしましょう。わたしたちに関して、彼が殺人の動機とみなすような内容が含まれているかもしれない」

それは思ってもみなかった。そういうわけで、完全に理解するのに一分ほど時間がかかった。

「言いたいことはわかった、フラン」理解したうえで、わたしは口を開いた。「賛成しないでもないけど、こんなふうに考えてみたかな。その日記帳に、実際に手がかりが含まれてるかもしれないって」

アルシーアが、モーセの十戒をわたしがいっぺんにすべて破ったような顔でこちらを見た。「ということは、ピート」アルシーアは声を潜めるのを忘れていた。「あなたはあの人が……あの人が自殺じゃないって考えてるのね！」

「いいえ、そうじゃない」わたしは答えた。「他殺に限らず自殺の手がかりも与えてくれるかもしれないよ。これから自殺しようってときは遺書を書くものでしょ。だから、もしかしたら――」

「なるほどね！」わたしがしゃべり終わらないうちに、アルシーアは言った。「ティムの遺書が原稿帳の中で見つかったから、あの人も、そうしようと思ったかも……そういうことって、真似したくなるって、言うものね」アルシーアはつっかえながら話を結んだ。

「いずれにせよ」フランは話を元に戻した。「今のうちに日記帳を捜しに行くのはどうかしら。ピート、あなたが最善と考えるなら、日記をひと通り読むことも可能。そうして、ウォーターズ巡査部長に見せたほうがいいと思う箇所があれば見せてもいいわね。もしなければ、誰にも何も言わずに丸ごと処分すればいい」

さて、しばらく話し合ったのち、わたしたちは計画を実行に移すことにした。イングリッシュ夫人の寝室に誰もいないのはわかっていた。イングリッシュ先生は検死官とともに行ってしまったし、州警察官の二人は緑色の扉の部屋の中でまだせっせと何かやっていた。

わたしたちは慎重に四方八方を見渡して誰も来ないのを確認し、こっそり爪先で廊下を進み、目的の部屋の前まで来ると、そっと扉を開け、すばやく中へ滑り込んだ。部屋の日よけは下ろされたままだった。少々意見を交わし、日よけはそのままにしておくことにした。位置を変えると、屋敷のそちら側の庭にたまたま誰かがいたとしたら、気づかれるおそれがあるからだ。それに、日よけの両脇の隙間から漏れ入ってくる光で、目的を果たすのに充分な明るさはあった。

部屋は散らかっていて、いかにもイングリッシュ夫人らしかった。何枚もの服がほぼすべての椅子の上に荒っぽく投げ置かれて床の上に落ちかかり、また鏡台の正面には白粉(おしろい)が、言葉どおり飛び散っていた。化粧ダンスの上の端には、前日の夜にウォレンが運んできたコーヒーポット、そしてその隣には今や干からびてしまったサンドイッチの皿と飲み終わったコーヒーカップを一つ載せた盆があった。ベッド脇の小さなテーブルに、もう一つ、やはり飲み終わったコーヒーカップが置かれていた。

アルシーアは床の真ん中まで進むと、体をゆっくり一回転させ、目の高さで部屋の中に視線を巡らせた。「どこにあると思う?」もちろん、日記帳のことだ。「見当たらないわね」

「化粧ダンスの引き出しのどこかに入ってるかもしれないわ」フランが意見を出した。「わたしたち、中を見てもいいものかしら。どう思う?」

エチケットについて、ああだ、こうだと言っている場合ではないように思われたので、わたしたちは引き出しの中を見た。鏡台に一つついた引き出しの中も、むかしながらの脚付きの背の高いタンスの中も見た。だがどこにも、ジュディスがわたしに話したような日記帳はなかった。

「もしかしたら」フランが言った。「ジュディスが持ってきた例の手紙の下書きがなくなっているのに気づいて、日記帳を隠したのかも。まさかと思うような場所も隈なく捜してみましょう」

まさかと思うような場所も隈なく捜したが、結果は、ありそうな場所と同じだった。フランとわたしでベッドのマットレスを持ち上げているあいだに、アルシーアがマットレスとスプリングとのあいだを覗いたが、へとへとになっただけと言わざるをえなかった。

「日記帳は、ここにはないわね」フランはきっぱりとした口調で言い、自分の持ち上げていた側のマットレスをどすんと落とすと、その上に腰を下ろした。「きのうのうちにどこかへ持っていって隠したか、そうでないとしたら……イングリッシュ先生が見つけたんだわ」

前者の可能性なら考えようによっては安心できたが、後者だとしたら、どう考えても安心できなかった。その朝のイングリッシュ先生の心理状態を察すれば、彼の手の中にある日記帳はダイナマイト同然だ。先生はいつでもマーガリート・イングリッシュを聖女だと思っているようにふるまっていたが、本気で聖女だと思っていたとしたら、日記の内容をどう解釈するか——はたまた、ウォーターズ巡査部長にどう解釈させるか——わかったものでなかった。

そのあとわたしは、自分の書くミステリ小説の中で探偵に必ずやらせるという理由だけで、鏡台の脇に置いてあったゴミ箱を持ち上げ、一回につき一つずつゴミを取り出し、化粧道具箱のガラスのふたの上に並べるという作業を終えた。意識して手がかりのようなものを探していたわけではないと思うが、いつの間にか、本能がそうさせていたのかもしれない。まあ、そんなふうに考えるほうが、職業柄、満足できるので、自分に都合よく考えようと思う。

フランとアルシーアはそれぞれわたしの両脇で、ゴミ箱の中身が並んでゆくのを見守っていた。たいした量ではなかった――何本ものマッチの燃えさし、それとだいたい同じ数のタバコの吸い殻、化粧落としのクリームを拭きとったティッシュペーパーが二、三枚、そして厚紙の丸薬箱の外箱と内箱がばらばらで見つかった。びりびりに破かれ、つなぎ合わせたら一枚の手紙になるといった胸の高鳴る代物は一つもなかった。殺人事件の謎を解く手がかりとしては、ざっと見るかぎりほぼ役に立たないように思えた。

ミステリ小説で食い扶持を稼いでいることになっているのだから、何かしらやってくれるはずだと思っているらしいフランとアルシーアの態度に、わたしは丸薬箱のふたをもう一度手に取り、よくよく観察した。

「カフェイン錠」わたしは声に出して読んだ。「一度に三錠以上服用しないこと」

「んま！」アルシーアが腹立たしそうに鼻をならした。「ただのあの人の〝閃き薬〟じゃないの！毒薬でも入ってた箱かと思ったのに」

われわれの倶楽部に縁のない人には少々意味不明のセリフのはずなので、説明をしておこう。〈羽根ペン〉倶楽部の初期のころ、つまり、われわれのほとんどがまだ文筆家になるための教科書を読んでいる段階だった――神よ、われらに救いを！――ころ、たまたまアルシーアが手にしたその種の本の中で、まったく軽率に思えるが、発想が滞ったときの刺激剤としてカフェインの摂取が提唱されていた。悪気はないが浅はかなその著者は、同じ効果を得るにはいかに大量のコーヒーを飲まねばならないかと、カフェイン錠のすばらしさを絶賛していた。そして、やはり悪気はないが浅はかなアルシーアが、この情報をわれわれのあいだに広めた。その結果、イングリッシュ夫人を含めた数人が自ら実験台となり、満足ゆく効果が得られたと報告した。こうして、カフェイン錠はわれわれ仲間内で〝閃き薬〟という別名で呼ばれるようになった。

「何もなかったわね」とわたしは正直に言い、丸薬箱の内箱を外箱に納めて、ふたたび脇に置いた。「もしタバコから手がかりが見つかってくれなければ、コナン・ドイル以降のミステリ小説家は無垢な一般市民を欺いてきたことになる」

このころには、わたしたちは日記帳のことなどすっかり忘れ、女性捜査官としての任務にあたる気満々になっていた。アルシーアとフランがあれこれ言っては急き立てるので、わたしはタバコの吸い殻を手っ取り早く二種類に分類し始めた——口紅のついたものと、ついていないものである。前者は三本、後者は七本あった。

アルシーアは目を見開いて、大きいほうの吸い殻の固まりを芝居じみて指さし、「男よ！」と大声で言った。「こっちのタバコは男が吸ったのよ！」

それについてはわたしも同意見だったが、情事という方向から読み解くつもりはなかった。

「そうね」わたしは言った。「でも、イングリッシュ先生もタバコを吸うのを忘れないで。たぶん先生のね」

アルシーアはがっかりした顔で「そりゃそうね」と言ってから、顔を輝かせ、「でも、全部が同じ人の吸ったものじゃないかもよ」と意見した。「ひっくり返してみましょうよ、ピート。どれも同じ銘柄かどうか確かめましょ」

それは名案に思えたので、採用することにした。だが、またもや、アルシーアをがっかりさせる結果となった。どの吸い殻にも「ラッキーストライク」の文字が、小さな金色の輪の中にきれいに印刷されていた。

「ああ、もうお手上げだわ」アルシーアがため息まじりに言うと、フランがそれを遮った。

「ちょっと待って！」威勢のいい声だった。「倶楽部の大半の人がラッキーを吸うから、銘柄は意味がない。それらがすべて同じ人物の吸ったものかどうか調べる方法はほかにないかしら。たとえば、吸い方とか」

「そのとおりね！」わたしは声を張りあげた。自分で思いつかなかったとは、われながら間抜けの気分だ。「人はたいてい、決まった長さまで吸ってから捨てるものだから、長さを比べてみよう」

わたしたちは数秒かけて、慎重に、途中まで吸ってあるそれら七本のタバコを横一列に並べた。だが、これで三度目、大成功とはならなかった。忌ま忌ましくも、吸い殻の長さはどれもせいぜい四分の一インチ（約六ミリメートル）ほどしか違わなかった。

「これじゃあ、なんの手がかりにも――」わたしが口を開くや、いきなり男性の声がわたしたちに飛んできた。

「さて、お嬢さん方」その声は問いかけた。「いったい何をしておいでなんでしょうか」

わたしたちは感電したように、ぎくりとした。三人がどんな顔をしていたかと思うと、いまだに嫌な気分になる。

部屋の反対側の扉のところに、ウォーターズ巡査部長が立っているではないか！

第一二章　カフェイン

「さて」巡査部長は言った。「さっきから待っているんですがね、いったいここは、なんの騒ぎでしょうかね」

わたしたちは、警戒せよとすばやく視線で伝え合った。この部屋へ来た本当の理由を話せば、消えた日記帳を巡査部長も捜し始めるだろう。誰より先に自分たちの目で日記帳を見るまでは、それは絶対に許してはならなかった。いつものごとく、最初に口を開いたのはアルシーアだった。そして、彼女は話をうまい方向へもっていこうとした。

「ええ、あのね、巡査部長さん」アルシーアは内緒話でもするような調子でしゃべり始めた。ここでお会いできて嬉しいわとでも言わんばかりだ。「わたくしたち、イングリッシュ夫人は自殺したんだと思っていま……いいえ、わかっていますの。まちがいありません。だから、証拠になるものでも見つかれば、きっと……ええ、きっと、巡査部長さんのお役に立てるのではないかと思って」

巡査部長は口の両端をほんのわずか、にやっと引き上げたものの、訝しそうな、そしてわたしたちを少々厄介に思っている表情が消えるほどではなかった。

「探偵ごっこですかね、え？」巡査部長はわたしたち三人を見回した。「なさっていることを、ちゃんと理解しておいでなんでしょうね」

「いったい……いったいどういう意味かしら」アルシーアは、大きく見開いた善良そうな瞳で巡査部長を見つめた。だが、わたしは、どんな答えが返ってくるのかと恐ろしくてたまらなかった。

巡査部長は質問に質問で返した。「あなた方は」単刀直入な問いかけだった。「お仲間の一人に殺人の疑いがかかるような証拠を見つけて始末するために、ここに来たのではないですかね」

思わず何かしら白状するかもしれないと、巡査部長がわたしたちを意図的に怒らせようとしたのなら、彼の作戦は成功だった。すぐさまフランが喧嘩腰になった。

「言っておきますけど、お巡りさん」フランは威勢よく巡査部長に面と向かった。「そんなふうにわれわれを咎める権利は、あなたにはないはずです。確かにわれわれは、仲間のためなら喜んで立ち上がりますけど、殺人犯まで守るつもりはありません。それより何より、わかりきっていることですが、われわれの中に殺人犯はいいません。ゆえに、イングリッシュ夫人の死は自殺です」

もし他殺と確定したら、われわれの誰かの所業にほかならないと言っているも同然(ああ！ われらが言語はときになんと多くを語ってしまうのだろう！)だったが、巡査部長はこれを受け流し、わたしたちの背後の化粧道具箱のふたの上にずらりと並んだゴミに目を遣った。

「そいつはなんでしょうかね」巡査部長は言った。

名前をつけたければ、お好きにどうぞと喉元まで出かかったが、ふざけるのは時機が悪そうだと思い、わたしはわたしたちの取り組みについて説明した。

巡査部長は何か言いたそうな顔をしたが、黙っていた。そして、部屋を横切って鏡台まで来ると、成功を見なかったわたしたちの苦労の結果を好奇の目で見下ろした。かと思うと、さっと片手を伸ばし、丸薬箱を慎重に縁だけに触れて取り上げた。

ふたに貼られたラベルを読むと、巡査部長は低い音で口笛を吹いた。「これはどこから持ってきたんですかね」この箱を置いたのはあんただねとばかりに疑いの目をわたしに向け、問いつめるように彼は言った。

「ほかのゴミと一緒にゴミ箱の中にあったんです」わたしは答えた。「イングリッシュ夫人のものです」

「では、いったい」巡査部長は質問した。「どうしてカフェイン錠があるんですかね」

わたしは、ふたたび説明を始めた。

巡査部長は、今度はわたしたち三人に向かって、心底呆（あき）れた顔をした。

「むかしから」彼は言った。「物書きはたいてい頭がおかしいと聞いていたが、ようやく事実だとわかりましたよ。お嬢さん方、こいつはいとも簡単に人の命を奪う代物だとご存じなかったですかね」

「知ってます」わたしは自分の癇癪が引き綱をがりがり噛みちぎりつつあるのを感じながら、「でも、泳げない人には水だって命を奪う」と言い放った。

巡査部長はわたしを無視して、フランのほうに向き直ると、「イングリッシュ夫人以外に、あなた方の何人ほどがこの手のものを使っているんでしょうかね」と鋭い口調で訊いた。

フランはイギリス人だ。彼女はテニソン（アルフレッド・テニソン。一八〇九～九二。英国ヴィクトリア朝の代表的詩人）が「イギリス人の冷酷なまなざし」（テニソンの一八五五年の詩「モード」第一部XIII、II参照）と、どこかでずばり表現していた視線を巡査部長に向けた。

「それが重要とは思えませんが」むきになるほど身を落としちゃいませんと言わんばかりの氷のように冷たい口調でフランは言い返した。「あなた、われわれが薬物中毒でないかを調べに来たわけではないですよね」

巡査部長は顔をわずかに紅潮させたが、どうにか冷静さを保った。

「少し考えてくださいよ、ミス・ベレズフォード」巡査部長は言った。「わたしがここに来たときから、お三人は揃ってわたしに敵意をもっておられるようだが、もう、ご勘弁願いたい。忠誠は然るべきところに尽くすならいいが、まったくの的外れの場合もありますよ。それに、これは自殺だとあなた方が本気で信じているとしたら、わたしに歯向かうのでなく協力して証明するほうが得策ではないですかね。だが、今後も外敵扱いするつもりなら、誰かをかばうためにこんなことをしていると結論づけざるをえませんよ」

このセリフに、わたしたちは火が点いた。それが彼の目論見だったのだろう。

「われわれは誰のこともかばっていません」フランは巡査部長に飛びかからんばかりだった。「そんな必要はないからです。だいたいこれは物書きの同好会で起こったんですよ、ウォーターズ巡査部長――殺し屋集団ではありませんから」

「いいでしょう。では」巡査部長は挑むように言った。「今のわたしの質問に答えて、それを証明してもらいましょうか」

答えられるなら答えてみろ、さもなきゃ、つべこべ言うなというわけだ。フランは答えるほうを選択した。

「全員について断言はできませんけど」フランはしぶしぶ口を開いた。「わたしの知るかぎり、イングリッシュ夫人を除いて、ときどきカフェインを利用していたのはミス・ヘールとミス・ノートンです」

「ミス・ノートンというのは、自殺説を最初に言いだした女性でしたかね」巡査部長はいかにもどうでもいいことのように訊ね、そのあと、答えを待たずに続けた。「デーンはどうですか。そいつを使ってますか」

「わたしの知るかぎりでは使っていませんが」フランは答えた。「本人に直接お訊ねになってくださ い」

「そうなんですけどね、ミス・ペレズフォード」巡査部長はフランを睨んだ。「ミスター・デーンはこれまでのところ、こちらの質問に積極的に答えようという姿勢を見せてくれないものでね。この質問にもそれ以上の熱意で答えてくれるとは思えない」

「ちょっといいですか、巡査部長」わたしは我慢できずに口を挟んだ。「イングリッシュ夫人の死因はカフェイン中毒かもしれないとおっしゃりたいなら、それは自殺説を裏づけることになりませんか。カフェインの空箱がゴミ箱の中から見つかった。これ以上の証拠が必要かしら」

「まず、彼女自身の手でそれが捨てられたという証拠が要りますね」意外にも、今回はわたしの質問に答えてくれた。「こうは考えられませんか、ミス・パイパー。自殺に見せかけたいと思った犯人が、空箱をそんなふうに目につきやすい場所に入れた、と」

「もしかしたら、あなたの言葉を借りれば、誰かを『かばう』ために、わたしたちの誰かが空箱をここに置いたとでもおっしゃりたいんですか」わたしは言わずにはいられなかった。

巡査部長は、それは新しい見解だとでもいうような視線をわたしに向けた。

「ありうるな」彼はぼそっと言った。わたしたちに、というより自分に言っているようだった。「あなた方が空箱を触りまくって、残っていたはずの指紋を消し……」

そのあと、巡査部長はコーヒーポットとカップ二つを念入りに見て、「これはどこから持ってきたんですかね」と鋭い口調で訊いてきた。

「きのうの夜、デーンさんが運んできたんです」アルシーアが率先して答えた。「アリス……わたしたちの身の回りの世話をしてくれている黒人の女の子なんですけど、彼女が、あの土砂降りの中をここまで車を走らせてきたイングリッシュ先生に温かいお飲み物を差し上げようと思ったんですの」

「何時ごろの話ですか」

「九時少し前だった、と思います」アルシーアがフランとわたしに目を向けたので、わたしたちはうなずいた。

「デーンはどのくらいの時間ここにいたんですか」

「えっと、一〇分か……たぶん一五分くらいです」

「一階に戻ってきたとき、何か言っていましたか」

「いいえ。わたしたちのいた居間には戻ってきませんでしたから。外に出ていったのはそのときなんです」

どじなアルシーア！　そんなつもりはなかっただろうが、ウォレンが二階に来たのと、そのあと屋敷を飛び出していったのは直接関係していると言ったも同然ではないか！

巡査部長はこの上なく目を輝かせた。

「ということは」彼は言った。「コーヒーをここに運んだのはデーンなんですね。致死量のカフェインを摂取させるのに、濃いコーヒーほど有効な手段はありませんよ。初めからカフェインの味がしていますからね」

「でも、コーヒーはイングリッシュ先生のために運んだんです」わたしは指摘した。「死んだのはイングリッシュ夫人のほうです」

巡査部長はひるんだが、それも一瞬だった。「だが、二人とも飲んでいる」そう言って、二つのカップを指さした。「殺人犯というものは犠牲者が二人になろうが、かまいやしない。よくあることです。狙った一人さえ仕留められれば」

そのあと巡査部長は、ポットとカップの底に残ったコーヒーの澱の分析が必要だなと声高らかに告げ、わたしたちを部屋から追い出した。そして、ついに名前はわからなかった部下にポットとカップを箱詰めさせ、分析のために運び出させると、ふたたびわれわれを居間に集めた。

「難しいことではありませんが、やっておかねばならない作業があります。不快に思う方がおられるかもしれないが」巡査部長は、階上の現場の部屋から持ってきた小さな黒い箱の上に片手を載せ、こう切り出した。「ですが、不可欠ですので、みなさん、従っていただきたい。全員の指紋を漏れなく登録せねばなりません」

「指紋ですって！」タトル夫人が恐怖に声を上ずらせた。みなの前で服を脱げと言われてもこの顔をしたのではないだろうか。「でも、わたくしたちは犯罪者ではなくてよ。どうして指紋を採られなければならないのでしょう」

巡査部長は苛立ちを抑えるようにタトル夫人のほうを見て、「それはですね、奥さん」と説明を始めた。「上の階の現場の部屋にあった二つのランプに残っていた指紋と照合するためです。ですが、これは犯人を見つけるためだけでなく、みなさんの身の潔白を証明するためでもありますよ。これを終えないかぎり、全員が容疑者です」

「そのとおりですよ、タトル夫人」ジョージが腰を上げながら言った。彼は巡査部長が傍らに立つテーブルに歩み寄り、「わたしから始めてください、巡査部長」と言った。

ウォーターズ巡査部長は手元の小さな箱を開け、スタンプ台と、白い紙を一綴り取り出した。われわれが見守るなか、彼は最初にスタンプ台、次に紙の上にどのように指を載せるかジョージに説明した。

「さて、お次はどなたですか」巡査部長は一番上の紙を引きはがし、採取したばかりの指紋の下にジョージに記名してもらいながら言った。

「わたくしが」フランが堂々と言い、含みをもたせて「隠すことは何もありませんから」とつけ加えたが、その意味を理解したのはアルシーアと巡査部長とわたしだけだった。

そうして、われわれは次々とあとに続いたが、かわいそうに、タトル夫人は個人の自由が侵害されたとなおも固く信じていたのではないだろうか。

スタンプ台と残った紙の綴りが専用の箱に戻されると、ちびのシムズさんがおっかなびっくりの甲高い声で訊ねた。

「巡査部長さん、数分ほど前でしたが……もう一人のお巡りさんが何かを箱に入れて車で持っていきましたがね、いったい……いったい、あれはなんだったんでしょ」

「ああ」巡査部長は、全員の表情を漏れなく把握しようとするように、一人ひとりの顔に矢のごとく視線を放った。「お答えしましょう。コーヒーポットとカップが二つです」

ウォレンが目をきらりとさせて顔を上げ、「昨晩、僕がイングリッシュ先生に持っていったやつですか」と訊いた。「それに何か問題があるとでも」

巡査部長は一、二秒ウォレンを鋭く見つめてから、答えた。

「調べたいことがありましてね、持っていかせました」巡査部長の答えはこれだけだった。

そのとき、電話が鳴った。

巡査部長宛てだった。だが、電話機はわれわれのいる居間にあったので、彼はみなの前で話さざるをえなかった。

「はい、ウォーターズです」声は全員の耳に届いた。そのあと、「ああ、はい、先生。それを待っていました」と言った。

受話器の向こうの声が話すあいだ、こちらには短い静寂があった。それから、巡査部長がふたたび口を開いた。

「なんてことだ！」大きな声だった。「馬だって殺せる量じゃないか！……ええ、摂取方法の見当はついてます。今、化学分析をお願いしたいものを、そちらへ運ばせているところです。それについても分析が終わりしだい、すぐに電話してください」

巡査部長は電話を切ろうとしたが、とっさに思いついたことがあったらしい。「ああ、もう一点、先生」受話器に向かって呼びかけた。「ドクター・イングリッシュがまだそこにいるなら、彼も調べてみてくれませんか。特に心臓を。そいつをいくらか摂取している可能性があります。まあ、もしそうなら、もっと前に症状が出ているはずですがね」

巡査部長は受話器をフックに戻すと、われわれのほうに向きなおった。

「検死官からでした」ぶっきらぼうに彼が告げるや、部屋は一瞬にして得も言われぬ恐怖に包まれたように思えた。「報告によれば、ミセス・イングリッシュの死因はカフェイン中毒。二〇グレイン（約一・三グラム）」

第一三章　ジュディスの告白

衝撃の公表を終えた巡査部長は、ふたたび現場の部屋の中へ、今度はわれわれの指紋登録とともに身を隠してしまった。そこでの目的は容易に想像ができた。二つのランプに指紋が残っていたと巡査部長は言っていた。そして、ランプがまだ部屋の中にあるのは、誰もがわかっていた。

すでに午後二時に近かったけれども、みな昼食のことをすっかり忘れていた。しかし、漂白剤か何かに浸かっているところだったがまだ半分しか仕上がっていないとでもいうような顔のアリスが、昼食のご用意ができましたと呼びに来ると、われわれはぞろぞろと食堂へ移動し、神経が極度に昂(たかぶ)っていたせいだろうか、がつがつと貪った。

幸いにも、われわれの心の内の大半を占めていた話題は避けながら会話は進んだが、コーヒーが運ばれてくると、箍(たが)が外れた。

「ところで、ですね」シムズさんが朗らかともいえる口調で甲高い声を出した。「百科事典に、コーヒーからカフェインを抽出する方法が載っていましたよ。も、もしかしたら――」

「やめてください、馬鹿なことを！」ウォレンがシムズさんに向かって、今にも嚙みつきそうに唸った。が、手遅れだった。タトル夫人とマーガレットは顔面蒼白になって自分のコーヒーカップを遠くへ押しやった。一方で、ジュディスは、苦悶に満ちた瞳で立ち上がると部屋を飛び出していった。

わたしはほかのみなの反応を見届けずに席から跳ね上がり、ジュディスを追いかけ、玄関広間で捕まえた。

「ジュディス、いったいどうしたの」わたしは語気鋭く訊いた。「きのうの夜、あのコーヒーを上へ運んだのがウォレンだからって、ウォレンが——」

「ああ、それだけじゃないんだよ、ピート」ジュディスはわたしの言葉を遮った。いつものお調子者の騒々しさはすっかり鳴りを潜め、わたしの知る陽気なジュディスとはまるで別人になったように思えた。「あの、あのね……ああ、ピート、このまま黙ってたら、あたし、頭がおかしくなっちゃうよ！　あ、あたし、今朝早く、あの部屋でウォレンを見たんだよ。イングリッシュ夫人の死体に屈み込んでるところを！」

驚きのあまり、文字どおり口が利けなくなることがある。まさにその状態だった。わたしは肩越しにすばやく振り返って、食堂から誰もついてきていないのを確かめると、居間の向かいにある、ジョージが隠れ処にするために手直しした小部屋にジュディスを引っぱり込み、扉を閉めた。

「さあ」わたしは厳しい口調で言った。「話しなさい」

急き立てる必要はなかった。

「今朝、五時に近かったと思う」ジュディスは、ジョージの大きな張りぐるみの椅子にぐったりと体を沈め、床を見つめて話しだした。「ウォレンが心配で、一晩じゅうあんまり眠れなくて。ティム・ケントにそんなこと……ティムを自殺に追い込むようなこと……言ったのはあたしたちの誰かだってウォレンが疑ってるのはまちがいないって思ったから……だってウォレンの態度、おかしかったもの。だから、きのうの夜、ウォレンが二階へ上がっていったときに誰が言ったのか何かしら証拠をつかんだんだろうって思った。あんなふうにここから飛び出してく理由はほかに考えられなかったから」

ジュディスは数秒の間を置いた。感情を抑えようとしているのが手に取るように伝わってきた。話は続いた。

「ジョージとイングリッシュ先生が自動車事故に遭った男の人を助けに出ていったあとは、もうぜんぜん眠れなくなって。ひょっとしたら事故に遭ったのはウォレンじゃないかと思って。で、ちょうど夜が明け始めたころ、車が一台、車庫に入る音がした。それから数分して、正面玄関の扉が開いて、誰かが階段を上ってきた。でも、二階までは上がってこなくて、足音は踊り場で止まった。

そのあと、すごく長いあいだ、なんにも音がしなかった。それからまた足音が始まったんだけど、二階に来ないで一階へ戻っていった。あれって思った。何してるんだか見当もつかなかったから。

そのあと、三回目、足音が聞こえてきて、また踊り場で止まった。でも今度は、ウォレンの笑い声も聞こえたの。だから、そこにいるのはウォレンだってわかったんだよ。なんだか妙な笑い声で、そんなに大声じゃないけど、ひどく興奮してるみたいな。あ、あたし、怖くなって。だから思いきって、下に行って何をしてるのか確かめることにしたの。でも、行くんじゃなかった！」

ジュディスはまた口をつぐんだ。このときはずいぶん長いこと黙っていたので、先を促そうかとわたしが口を開きかけると、話はふたたび始まった。

「廊下に出たら」ほとんど白くなっていた唇のあいだから言葉を絞り出すようにジュディスは言った。「踊り場のテーブルの上にあったランプがなくなってた。でも、緑色の部屋の扉が半分開いてて、中から光が見えたから、ウォレンはそこに入っていったんだと思った。

できるだけ忍び足で——あたしにだって静かにしなきゃっていう分別くらいあるよ——階段を五段

下りて、その扉をさらに押し開けると、そこにウォレンがいた。

こっちに背中を向けて、ベッドに寝てる人にちょっとだけ覆いかぶさるように立ってた。誰が寝てるんだろうと思って一、二歩、部屋に入っていくと、イングリッシュ夫人が見えた。どうしてだかわからないけどね、ピート、でも、その姿を見たとたん、死んでるってわかったの！

あたし、何か音を立てちゃったんだと思う。ウォレンが振り向いたから。酔っ払ってるみたいだった。でも、それが怖かったんじゃない。怖かったのはその顔だよ――ああ、どう表現したらいいのかわからない！　ざまあみろとでもいうみたいな嬉しそうな顔をしてたんだよ！

あたしを見ても何も言わなかったから、あたしも何も言わなかった。何も言えなかった。一瞬、気絶しちゃいそうな妙な気分に襲われたけど、どうにかがんばって、やっと自分の寝室にたどり着いた」

ここで声が乱れ、ジュディスは泣きだした。わたしはどうしたらよいのかわからず、まごまごするばかりだった。女友だちがこんなふうに取り乱したとき、わたしは女性らしく優しく慰めてあげられたためしがない。どこかしら、ちゃんとした女性でないのかもしれないと思っている。それでも、別の慰め方ならできると考えた。

「でも、ジュディス」わたしは言った。「ウォレンはイングリッシュ夫人を殺してないよ。もし、あなたがそれを恐れてるんだとしたらね。ウォレンが帰ってきた音を聞いたのは五時ごろだって、たった今、あなた自分で言ったじゃない。検死官は、少なくともその一時間半前にイングリッシュ夫人は死んだって言ってたでしょ」

だが、これを聞いてジュディスがますます激しく泣きだしたので、わたしは面食らった。

「わかってるよ」ジュディスは泣きじゃくりながら言った。「でも、そんなの知らなかったから、だから、ウォレンが帰ってきたのが聞こえた時間を、州警察の人に嘘ついちゃった。このことが……起こったときは、ウォレンはもうベッドでぐっすり眠ってたって思わせようとしたんだよ。それなのに、ウォレンが殺った可能性があるって思わせることになっちゃった。ああ、ピート、ウォレンが逮捕されたら、あたしのせいだから。あれが……ティムが死んだのが……誰かのせいなのと同じだよ！」

わたしは頭がまったく働かなくなってしまった。そこで、余計なお世話の馬鹿げた質問をすることにした。

「ジュディス」わたしは言った。こんなときは間抜けになりきると決めている。理由はそれだけだ。「あなた、ティムが好きだったの？」

ジュディスは、椅子の肘掛けの上に腕を折り曲げ、そこに伏せていた顔を上げた。そして、この小部屋に入ってきてから初めてわたしの顔をまともに見た。

「ティムが好き？」ジュディスはきょとんとして、わたしの言葉をくり返した。「いや、ピート。ティムとは仲良しだったけど、それだけだよ。本当に大切なのはウォレンなの。自分でも、きのうの夜まで気づかなかったんだけど。でも、もう……取り返しがつかない！」

「取り返しがつかないって、どういうこと？」わたしは思わず訊いた。

ジュディスはまたも頭をどさっと腕の上に落とすと、しくしく泣き始めた。

「え、わかんないの？」ジュディスは嗚咽を漏らしながら言った。「ウォレンが殺したとあたしが思い込んでるって、ウォレンはそう思ってるよ。そうに決まってる。だって、それ以降……あたしを避けてるもん。あの人……あの人は、あたしの助けが一番必要だったときに、あたしに裏切られたって思ってるよ」

　事態がこんなに込み入っているとは思いも寄らなかった。だが、このことの解決策を話し合っている暇はない。ウォレンが殺人犯に――本当に他殺なら――されてしまうのを食い止めるのが先決だ。

「聴いて」わたしはジュディスの前に立ち、ズボンのポケットに両手を突っ込んで言った。「確かに巡査部長は、イングリッシュ夫人の死因についてウォレンが何か知っていると疑ってる。その事実は受け止めないとね。でも、ウォレンが殺ってないのを証明できるのはあなただけ。巡査部長のところへすぐに行こう。そして、今の話をするの。ウォレンはイングリッシュ夫人が死んだあとにここへ戻ってきたと知れば、巡査部長は捜査の方向を変更せざるをえなくなるはず」

　これを聞いたジュディスは、祈るような表情で顔を上げた。

「でも……巡査部長はあたしの話を信じてくれるかな」ジュディスは言った。

「信じるしかないはず」わたしは答えた。「少なくともわたしが証明できる部分もあるから。あなたが部屋に戻ってきたとき、わたし、目を覚ましてたの」

「でも、あたしがウォレンの音を聞いたって言った時間にあんたも聞いた、動き回ってた人のことはどうなるの?」ジュディスは最後の不安が拭えず、引き下がらなかった。

「誰かほかの人だったってことでしょ」わたしは答えた。「思い出して。それがウォレンだったとは、わたし、ひと言も言ってないから」

　ジュディスはまたもや泣きだしたが、今度は安堵の涙だった。

「ああ、ピート、あんた、自分がどれだけ頼りになる人間か、自分じゃわかっちゃいないでしょ」ジュディスは声を張りあげた。「今すぐ、巡査部長のところへ話しに行く?」

「そうしない理由はない」わたしは言った。「さあ、行こう」

ところが、わたしたちが玄関広間に出てくるや、玄関の呼び鈴が鳴った。もう一人の州警察官だった。

「ウォーターズ巡査部長はどこですかね」横柄な態度だった。まだ年若く、おそらくこれが、初めて扱う重大事件だったのだろう。

「上の階ですよ」と、わたしは教えてあげた。そのあと、一分前ならとてもできなかったにちがいない、おどけた調子でこう言った。「さつじん、げんば」

彼はしかつめ顔でうなずき、階段を上がっていった。

「誰だったの」アルシーアが居間の扉から顔を覗かせた。

「エラリー・クイーンにヴェリー刑事が報告に来たの（ヴェリー刑事は『エラリー・クイーン』シリーズに登場するニューヨーク市警の刑事）」と、わたしは答えた。小さな謎が少なくとも一つ解決し、晴れやかな気分だった。このときは、一〇分も経たぬうちに正反対の気分を味わうことになろうとは思ってもみなかった。

ジュディスとわたしは、アルシーアとともに居間へ行った。ほかのみなもそこにいた。

ここまでの自分の名探偵ぶりに独りよがりの悦に入っていたわたしは、ちょっとばかり派手に一席打（ぶ）つことにした。

「みなさん、ご注目」映画『影なき男』（一九三四年公開の米国映画）でビル・パウエル（ウィリアム・ホレイショー・パウエル。一八九二～一九八四。米国の映画俳優）がしばしば見せていたような態度で、わたしは話し始めた。「わたしたちの中に、イングリッシュ夫人の死をめぐる謎の解明に役立つにちがいない情報を、本人が気づいていようがいまいが、握っている人がいるのはほぼまちがいありません。そこで、わたしは思うのです。全員が自分の知っていることをすべて話せば、それらを照らし合わせて、おそらく手がかりが見つかるのではないでしょうか」

わたしは一呼吸置いて、車座になっていた聴衆を見渡し、賛同を求めた。だが、賛同が得られたとは言いがたかった。

「でも、どんなことをお話しすればいいのかしら、ピーター」カーンズ夫人が少々怪訝そうに言った。「情報を握っていると気づいていなければ、何を話せばいいのか、わからないんじゃなくて？」

なるほど、ごもっともな質問で、わたしの調子は少しばかり崩れた。

「ええと」あいまいな口調でわたしは返事した。「まずは一人ひとりが、ここに到着してからイングリッシュ夫人に言われたことをすべて、あるいは、イングリッシュ夫人が誰かに何かを言っているのを聞いたとしたら、それをすべて、あるいは、イングリッシュ夫人について誰かが何かを言っているのを聞いたとしたら、それをすべて、話してみるのはどうかな。手がかりにつながるかもしれない」

「揉めごとにつながるんじゃないかしら」マーガレットが意見した。「揉めごとはもうこりごり」

わたしがそれに応える前に、背後の扉が開き、ウォーターズ巡査部長が居間に入ってきた。もう一人の警官も一緒だった。

「なかなか悪くない提案をしておられるのをちょうど耳にしましたよ、ミス・パイパー」巡査部長は言った。「だが、実行に移す必要はなさそうです。より有力な手がかりが見つかりました」

期待半分、不安半分といった面持ちで輪になった人たちを、巡査部長はさっと見渡した。それから、満足したように話を続けた。

「お話ししたとおり二つのランプに残っていた指紋と、一時間ちょっと前にこの部屋で採取させていただいたあなた方全員の指紋とを照合してきたところです。ランプの一つはミセス・イングリッシュの寝室にあったものでした。ほかの指紋とともにミセス・イングリッシュの指紋が残っていたからまちがいない。もう一つのランプは階段が曲がるところの踊り場に置いてあるテーブルに載せていたという話で、黒人の女中の指紋があった。しかし同時に、一つ目のランプにあったものと一致する指紋も一組残っていて、しかもその指紋は、一つ目のランプのミセス・イングリッシュ、二つ目のランプの黒人の娘さんの指紋の上から新たについていた。つまりこれは、その指紋が最後についたことを証明しています」

巡査部長はふたたび間を置き、またもお得意の不安を掻き立てるまなざしを車座の面々に向けた。彼がこのまま話を続けず、結論も下さないのなら、何かを投げつけてやろうかとわたしは思い始めていた。

「い、いったい誰のだったんでしょ」声を出したのはシムズさんだった。われわれのうちの三人を除いて、全員が心の中で同じことを思っていたにちがいない。シムズさんは椅子の上で前のめりになり、しゃべり終わっても口がだらりと半開きのままだった。

「それは」巡査部長は答えた。「ミスター・ウォレン・デーンのものでした」

巡査部長が言い終えないうちに、ジュディスが立ち上がった。

「でも、その指紋は、イングリッシュ夫人が死んだあとについたんです!」悲愴感いっぱいの熱を帯びた声でジュディスは反論した。「あたし、証明できま――」

「そうかもしれませんがね、ミス・ノートン」巡査部長は否定しなかった。「だが、どちらだとしても大きな問題ではない。もう一つここに、別の証拠がありますから。昨晩、この家から飛び出していったという謎の行動の直前にミスター・デーンがイングリッシュ夫妻に運んだコーヒーに関する報告がたった今、入ってきました。コーヒーには、被害者の体内から検出されたのと同量のカフェインが含まれていました」

ウォレンの顔から血の気が引いた。彼はよろめきながら椅子から立ち上がった。

「あなたが暗に言おうとしているのは」ウォレンは言った。「僕が――」

「暗に言おうとなどしていませんよ」巡査部長は、それ以上ウォレンに口を開かせなかった。「ウォレン・デーン、ミセス・マーガリート・イングリッシュに対する故殺の罪で逮捕します」

第一四章　トリローニーの出番

ほぼ初めから多かれ少なかれ兆しがなかったわけではないとはいえ、ウォレンの逮捕にわれわれは愕然(がくぜん)とした。ジュディスに至っては、当然ながら慰めようもなく、午前二時ごろ――つまり、イングリッシュ夫人が致死量のカフェインを飲んだか、飲まされた時間――にウォレンが屋敷の中をうろついていたと言ったせいで、巡査部長の疑いの目が最初にウォレンに向いてしまったと自分を責めていた。二つのランプに指紋が残っていたのだから、どのみち逮捕は免れなかっただろうとわたしは言って聞かせたが、徒労に終わったので、最後には神経を鎮める薬を飲ませ、一時間ほどベッドで休ませた。実際に眠ってくれるとは思えなかったけれど、そのあと、わたしは彼女を残して階下へ戻り、ほかの人たちを捜した。

居間はがらんとしていた。そこで、家の外に誰かいないかとポーチに出ると、車が一台、私道を入ってきた。ゆったりと緩やかな曲線を描いて車は屋敷に近づいてきたが、完全に停車してようやく、運転席の男性が、前日の朝、散歩の途中に出会った赤毛のエドワード・トリローニーだとわかった。

「やあ、ピーター・パイパー」トリローニーは朗らかに挨拶した。「レイバーンさんかイングリッシュ先生はいるかな。二人にちゃんとお礼を言いたいと思って来たんだが――おや、どうかした？」トリローニーはわたしの顔を見るなり、言葉を切った。「雷が足元に落ちたみたいな顔してるよ」

「落ちたの」抑えきれずに、わたしは言った。「どうやら殺人事件らしいの」

最初のうち彼は、冗談だろという目つきでこちらを見ていたが、わたしの様子に冗談でないとわかったようだ。

「きのう話してた女性かい」トリローニーは言った。

わたしはうなずき、「でも、それは雷のうちの半分」と答え、「仲間の一人が殺人容疑で逮捕されたの」とつけ加えた。

トリローニーは車を降りると、わたしの立っていたポーチの階段を上がってきた。

「パイパーさん、僕の大きな足が立ち入ってほしくないところまで踏み込もうとしていたら」トリローニーは穏やかに言った。「遠慮なくそう言ってほしいんだが、昨晩、君の仲間の二人は僕の親友を助けてくれた。だから、恩返しがしたい。何かできることはあるかな」

ここで初めてわたしは、彼が犯罪学者だと言っていたのを思い出した。

「テッド・トリローニーさん」わたしは真面目くさって言った。「見かけは違うかもしれないけど、あなたはまさに空から舞い降りた大使」

これを聞いて、トリローニーは大笑いした。「その見解に異議を唱える人間は多いと思うよ」彼は陽気に返した。「でも、君が経緯をすべて話してくれるなら、君の評価に応えられるかどうか考えてみよう」

彼はわたしの傍らにあったぶらんこ椅子に腰を下ろした。彼が前日よりもさらに強烈な臭いのパイプを吹かしているあいだ、わたしは事件の顚末を語った。現場の部屋でウォレンを見たとジュディスが打ち明けたことも。もしこの人がわれわれに手を貸してくれるなら、ウォレンに不利になると思えようが思えまいが、事実は残らず知っておいてもらう必要があると判断したからだ。

トリローニーは最後まで黙って話を聴き、そのあと、こんな質問をした。

「それじゃあ、パイパーさん、君はその自殺説にどのくらい確信をもってる？　これだけは覚えておいて。もし僕が犯人を捕まえることができたとしたら、君の仲間の誰かが手を下したのはほぼまちがいない。そして、もし最終的に他殺と確定したら、何があろうとその人物を警察に引き渡すよ」

どのくらい確信をもっているかなんて考えたことはなかったし、考えたくなかった。ここでわたしが自殺説を撤回すれば、友人の中に犯人がいると思っていることになってしまう。友人を疑うつもりはない。たとえ心の内だけだとしても。

「どう言ったらいいのか、わからないけど」わたしはようやく口を開いた。「確信をもってるのは、ここにいる仲間の中に殺人犯はいないということ。だから、自殺しかありえない。考えてもみて。意地の悪い噂を立てられたくらいで、その女性を殺さないでしょ。ビンタを喰らわせたくなる――もしかしたら、本当に喰らわせる――かもしれないけど、せいぜいそのくらいじゃないかな」

「その点では、僕もそんな気がするけど」トリローニーは考えを巡らせているようだった。「でも、断言するのはどうかな。君の言う、意地の悪い噂を立てるのを、その女性がやめてくれると信じきれるかい？　君の友だちノートンさんが言うには、日記帳にはダイナマイトが詰まってたんだよね。そんなことが書いてあると知ったら、どうにも耐えられなくなる人が出てくる内容が含まれていないとは限らないんじゃないかな。秘密にしておくためなら人殺しも厭わないと思う人が少なくとも一人いる、そんな内容がね。ありえない話じゃない」

「そうね」確かにそうだ。「でも、日記帳を実際に見たのはジュディスだけだし、ジュディスは――」

と言ってから、わたしははっとして言葉を失った。マーガレットも日記帳の存在を知っているのが頭をよぎった。屋敷じゅうのほぼ全員にしゃべっている可能性は充分にある。しかも、わたし自身も、フランとタトル夫人にその話をしてしまったのを思い出し、後悔の念に駆られた。

「そのとおりだ」わたしの胸の中を見透かしたようにトリローニーは言った。「ほかに実際に見た人はいないかもしれないが、存在は知っている。もし隠したいことのある人がいたとしたら、その存在は不都合極まりない。だが、この議論を掘り下げる前に、君の掲げている自殺説に目を向けて、どれだけ水漏れする穴がないか検証してみよう。

まず、ノートンさんがそれを言いだしたという話だが、自殺する心理的動機を考えよう。僕はそのイングリッシュ夫人とやらを知らないから、彼女が何を気に病んでいたのか見当をつける術はない。だから、君が頼りだ。君の意見を聴こう。ノートンさんが導き出した動機は、君の知っているイングリッシュ夫人の性格と一致するかい」

わたしは答える前にじっくり考えた。

「ええ」考えた末に、答えた。「条件が揃えば、一致すると思う。あの人はまちがいなく病的だった。話し方、ふるまい、服装にさえ、それが表れてた。あそこまで身勝手な人は、どちらかといえば自分より他人の命を奪うような気もするけど。でも、何かしら——何かしら重大なこと——で追いつめられて、秘密を曝け出さなければならないとか、やりたくないことをやらされると気づいたら、当てつけのためだけに自殺にまで及ぶこともあるかも。しかも、できるかぎり大きな騒動や事件が起こるような手段を選んで」

「なるほど」煙の輪を続けて吐き出し、まばゆい陽の光の中でそれらが広がっては消えてゆくのを眺めながら、トリローニーは低い声で言った。「自己顕示欲の強いタイプか。ところで、旦那さんは、そんな奥さんの心の状態に気づいていたのかな」

「イングリッシュ先生は」わたしは答えた。「理想家なの。理想家はたいていそうだけど、先生も見たくないものに目をつぶるところがある。心の奥底では、自分の奥さんがそんな状態になってしまったのをわかっていたにちがいないけど、わたしたちに対しても、自分自身に対しても、それを認めるつもりはないの。だから、今朝、ジュディスが言いだした自殺説に、先生はあんなふうにカッとなった」

「そうだとしたら」トリローニーは見解を述べた。「彼の協力は得られそうにないね。世間に思ってほしい奥さんの姿と違うものが露呈するくらいなら、事件そのものを未解決にしておきたいだろう」

「きっとそうね」わたしはうなずいた。

「じゃあ次に、自殺を裏づける物的証拠を考えてみよう」トリローニーは続けた。「まず、カフェイン錠の入っていた丸薬箱。イングリッシュ夫人のゴミ箱の中で見つかった。ウォーターズ巡査部長が言っていたという話だが、自殺説の信憑性を高める目的で殺人犯がそこに入れたというのは、もちろん、ありうる。だが、憶測にすぎないので、少なくとも今は考えなくていいと思う。次にコーヒーポットとカップが二つ。その青年、ウォレン・デーンが刻みタバコを二階へ取りに行くついでにイングリッシュ夫妻のところへ運んだ」

　トリローニーはここで一息つき、パイプの中の灰をコツコツと落とし、新たにタバコを詰め、話に戻った。

「確認させてくれ。化学分析によれば、ポットに残っていたコーヒーと二つのカップの底の澱(おり)には、同量のカフェインが含まれていた。それなのに、イングリッシュ先生もそのコーヒーをカップで飲んだにもかかわらず、体に変調はきたしていない。まちがいないかな」

「ええ」わたしはすぐさま返事した。「この件で、ウォーターズ巡査部長を悩ませている点はまさにそこだと思う。ウォレンがコーヒーポットにカフェインを入れたって巡査部長は信じてるみたいだけど、なら、どうして先生は死ななかったのかな」

「彼の飲んだコーヒーにもカフェインが入っていたなら、彼も死んでいたはずだ」トリローニーは答えた。「さらに言えば、イングリッシュ夫人は実際の死亡時刻よりずっと前に死んでいたはずだ。つまりカフェインは、コーヒーが二階へ運ばれたときにウォレン・デーンやほかの誰かによって入れられたのではなく、あとから入ったと結論せざるをえない。イングリッシュ夫人が入れた可能性が高い」

「でも、そうだとしたら、どうして両方のカップに入っていたのか説明がつかない」同意できずに、わたしは言った。「あとから入ったのなら、コーヒーポットと彼女の使ったカップだけか、もしくは彼女のカップだけに入っていたはず」

「ああ、そうだ」トリローニーは認めた。「その答えを出すには、しばらく考えなければならないな」

「まあ、とにかく」わたしは言った。「コーヒーが部屋に持ち込まれる前にカフェインが入れられたんじゃないなら、ウォレンが入れたはずないって証明できたわね」

「そうかな」トリローニーは少しばかり偉そうな笑みを浮かべた。「残念ながら、そうとは言いきれないよ。証明できたのは、彼が最初にコーヒーを二階へ運んだときは入れなかったということだけだ。昨晩だか、今朝早くだか、彼が戻ってきたあとに入れる機会はなかった事実も証明しなければならない。言い換えれば、彼が初めてここに戻ってきたのはイングリッシュ夫人の死体に屈み込んでいるのをノートンさんが目撃したときで、その数時間前ではない証拠を見つけなければならないよ。彼自身が証拠を見つけるのに協力してくれればいいんだが」

ちょうどそのとき、ジョージが戸口に現れた。わたしはすかさず、トリローニーがウォレンの無実を晴らし、できるならすべての謎の解決法を見つけるのも手伝うと言ってくれているのを伝えた。後にも先にも、あんなに安堵したジョージの顔は見たことがない。

「なんと」ジョージは声を張りあげた。「そうしていただけるなら、われわれ全員、ご恩は死ぬまで忘れませんよ！　この出来事に、正気でいられなくなっている女性までいるくらいですから。しっかりしてくれとも言えませんしね。ですが、警察は……つまり、その……」ジョージはここで言葉を濁した。アルシーアにそっくりだ。

「警察は僕が首を突っ込むのを承諾するだろうかとおっしゃりたいんですね」トリローニーはにこやかに、ジョージに代わって文末を結んだ。「ええ、さほど面倒はなく、手はずは整えられると思います。ウォーターズ巡査部長は知り合いですし、僕がフィラデルフィア郡の検察局と関わりがあるのもご存じですから。僕が周辺を嗅ぎ回るのに異存はないはずです。ですが、もちろん、まずは電話して正式に許可をもらいましょう」

許可は即刻もらうことができ、トリローニーは、さっそく仕事に取りかかることを宣言した。まず希望したのは、イングリッシュ夫人が〈アーリー〉に到着してから使っていた寝室を見ることだった。

「でも、死体が発見されたのは違う部屋ですよ」ジョージは少々意外そうにした。「発見されたのはわれわれが緑色の部屋と呼んでいる場所で、本来はお手伝いさんが使うはずだったんです」

「ええ、わかっています」トリローニーは言った。「ですが、もし手がかりがあるとすれば寝室で見つかるのではないかとウォーターズ巡査部長が言っていたので、彼の直感を信じたいと思うんです。それと、まずは自殺の可能性から探ろうかと。つまり、自殺の証拠なら、死体の発見現場よりその女性の寝室のほうが見つかりそうだと思いまして」

「なるほど」ジョージは、その手のことは門外漢ですからといった調子で言った。「両方の部屋ともウォーターズ巡査部長が鍵をかけていきましたが、この家ではどの鍵を使っても、どの部屋の扉も開くんです。さあ、どうぞ。ご案内します」

ジョージは扉の鍵を開けると、ここで失礼させてもらいますと言った。

「ほかの会員たちに、あなたがここで何をしているのか伝えてもかまいませんか、トリローニーさん」ジョージは訊ねた。「状況は今思っているほど悪くないようだと知れば、みんな安心するでしょう」

「もちろん、かまいません」トリローニーは快く言った。「この部屋を見終わったら、ほかのみなさんにも会わせていただけますか」

階段を下りてゆくジョージにわたしもついていこうとすると、トリローニーは残ってくれと身振りで示した。

「君が必要かもしれないからね、ピーター・パイパー」トリローニーは言った。「説明してもらいたい点があれこれ出てきそうだ」

数時間前、アルシーアとフランとわたしで素人探偵の腕試しをしようとした部屋に、わたしはトリローニーのあとについて入った。彼が最初に向かった先は鏡台だった。ゴミ箱から拾い上げたタバコの吸い殻がきれいに二列に並んだままだった。

「なんだ、これは」トリローニーが言った。

馬鹿なことをしたものだと少々気恥ずかしく思いながら、わたしは説明した。吸い殻から何かをたどってみようというお粗末な試みは、まったく功を奏しなかった。ところが、トリローニーがいたく興味を示す様子を見せたので、こちらが驚いてしまった。

「口紅のついていないタバコはイングリッシュ先生の吸ったものという君の推理は正しいにちがいない」トリローニーは言った。「こんなふうに半分までしか吸っていないとしても、七本も吸うほど長時間ここにいたのは彼のほかにありえないだろう。だが、こっちの三本はどうかな。イングリッシュ夫人の吸ったものでまちがいないかい?」

「あら、そうに決まってる」わたしは言った。「口紅がついて――」

「――だとしても、吸ったのは女性という証拠にしかならない」トリローニーは指摘した。「そして、ここにいる女性は老いも若きもみんな口紅を塗ってるんじゃないかな――君でさえね」

この「君でさえね」というひと言に、わたしは馬鹿にされたと思うべきなのか褒められたと思うべきなのか判断に困った。まだ決められないでいるうちに、彼は話を続けた。

「この三本の吸い殻についた口紅がイングリッシュ夫人の残したものかどうか断定するには、彼女の口紅を見つけて照合しなければならないね。どこにしまってあるだろう。ここかな」

そう言いながら、トリローニーは化粧道具箱の上の吸い殻を払いのけ、ふたを開けた。中にずらりと並んだ化粧道具に、彼はしばらくまごついていた。そのあと、勇猛果敢に探り始めたが、こりゃ無理かもしれないと思った様子だった。

「これはなんだろうね」トリローニーはいきなり訊いてきて、毛が根元まで真っ黒に染まった歯ブラシを取り出した。「この人はビンロウの種子（ビンロウはヤシ科の常緑高木。種子は紙タバコのように用いられ、唾液と混ざると口中が赤くなり、長期間使用すると歯が黒く染まる）を噛んでたわけじゃないよね」

「違うの」とわたしは答え、その歯ブラシの使い道を教えてあげた。

「それは驚きだ！」トリローニーはぼそっと言うと、まるで噛みつかれでもしたように歯ブラシから手を離した。その直後、彼は捜していたものを見つけた。

「照合のために持っていくよ」トリローニーはそう言って、口紅をポケットの中にさっと入れた。

「いずれにしても、僕がこんなことをしているのを僕の相棒テンプルトン君が知ったら、僕は死ぬまで恩着せがましく言われるだろうな」それから、彼はタバコの吸い殻を掻き集めて空の封筒に入れ、口紅と一緒にポケットにしまった。

「もし一致しなかったら、何が証明されるの？」わたしはトリローニーから目を離さずに訊ねた。

「君がどういう意味で証明という言葉を使っているかによるね」トリローニーはあいまいに返事した。それから、思い直したように、つけ加えた。「でも、君にはちゃんと話しておいたほうがいいだろう、パイパーさん。他殺と確定したら、犯人は男性でなく女性の可能性も出てくる」

そう聞いて、わたしはしばし、これ以上質問しないことにした。気の重くなるような答えが返ってきそうだからだ。

トリローニーは引き続き化粧道具箱の中身を探り、それを終えると、今度は鏡台の上にあった小さめの二つの箱の中を調べた。見るからに、捜しているものはなかったようで、次に、鏡台に一つついた小さな引き出しを開けた。だが、一つ、二つ入っていたものをざっと見回し、また閉めた。

「パイパーさん、教えてほしいんだが」トリローニーはわたしのほうを向いた。「もし君が例のカフェイン錠を常用しているとしたら、どこにしまっておくかな」

「そうね、旅行かばんの中でしょうね」今度は何を考えているのだろうと思いながら、わたしは答えた。「もし、部屋の外で執筆作業をしようとしていて、飲むかもしれないと思ったら、きっと着ている服のポケットに箱ごと入れるわね」

「イングリッシュ夫人がきのう着ていた服のポケットの中を、僕の代わりに調べてくれないかい」そう言いながらトリローニーは、椅子の上に無造作に投げ置かれた服の山に向かって絶望を表す身振りをした。「僕には……いや、僕が手をつけるのは少々失礼かと思ってね」

わたしは笑いだしたくなるのをこらえながら、椅子まで行くと、投げ重ねられていた服の下から黄色いリネンのワンピースを引っぱり出した。

「ここには入ってない」わたしはスカート部分の二つのポケットの中を手探りし、こう報告してから、つけ加えた。「でも、彼女のカフェイン錠の箱はゴミ箱の中にあったのよ」

「いや」トリローニーは答えた。「ウォーターズ巡査部長が言ったように、もし犯人が自殺に見せかけるためにその箱をゴミ箱に入れていたとしたら、イングリッシュ夫人自身の箱が別に、まだ部屋の中にあるんじゃないかと思ってね。ないとなれば、自殺説を裏づける証拠が一つ増えたことになる」

トリローニーは最後に部屋の中をぐるりと見回すと、扉のほうを向き、「ここからわかることは、もう何もないみたいだ」と言った。「下に行ったほうがよさそうだね」

いなければいいなと、なんとなく思っていたイングリッシュ先生とジュディスも含め、全員が居間でわたしたちを待っていた。好奇心、期待、あるいは警戒と、みなさまざまな思いでトリローニーを見つめた。一方でトリローニーは、ジョージが一人ひとり紹介するあいだ、それぞれの顔を詮索でもするように凝視した。そして、全員が胸に溜め込んでいたにちがいない質問の一斉射撃を開始しようと息を大きく吸い込む間もなく、この事件の捜査に関連してウォーターズ巡査部長に会っておかねばならないので失礼しますと言った。

「みんな、がっかりしたわよ」わたしはトリローニーと一緒に彼の車に向かいながら言った。「あの人たちの半分以上は、あなたに持論を披露しようと待ち構えてたはずだから」

「気づいてたよ」トリローニーはにやりとした。「だから逃げてきた」

彼は車の助手席のドアを開け、乗るように身振りで示した。

「わたしも行くの？」思ってもみなかった。「どこへ探検旅行？」

「地元警察の留置場だ」トリローニーは車の反対側に回って運転席に乗り込みながら答えた。「そんなギョッとした顔をしないでくれよ。君を逮捕するわけじゃないから。そのデーン青年に聴き取りをしたいだけなんだが、僕の立場を君が請け合ってくれれば、彼も話す気になるんじゃないかと思ってね。捜査を進める前に、彼がどうして昨晩、屋敷からいきなり飛び出していったのか、そしてノートンさんが現場の部屋で彼を見つけたとき、いったい何をしていたのか知る必要がある。と言っても」

私道から本道に入りながら、トリローニーは続けた。「どちらの質問も、答えの予想はおおかたついてるけどね」

第一五章　ウォレンの告白

ウォレンが一時的に拘束されていた地元の留置場を訪ねると、驚いたことに、トリローニーとともにわたしも入ることが許された。保安官がわたしたちを独房の中へ通すと、ウォレンは顔を上げ、こわばった笑顔をつくった。

「やあ、ピーター」あっけらかんと呑気な調子で声をかけてきたが、わたしはいっさいごまかされなかった。「死刑囚を憐れみに来たのかい？」

「やめなさい」わたしはぴしゃりと言った。「死刑は宣告されてないし、まともに行動してるなら死刑なんて宣告されないよ」

わたしはトリローニーを紹介し、ここに来た理由を説明した。

「デーン君、君を助けられるとしたら」握手を交わしながら、トリローニーは言った。「事の発端からどんなことも包み隠さず、ありのままを話してもらわなくてはならない。昨晩、というより今朝早く、君が緑色の部屋の中にいたのは知っている。そこに至るまでの経緯を聴かせてもらえるかな」

ウォレンは表情の読めない仮面のような顔になったが、現場の部屋にいたというトリローニーの断定を否定するつもりはなさそうだった。

「誰から聞いたんですか」ウォレンは低い声で訊ねた。「ジュディ（ジュディスの愛称）・ノートンですか」

「違う」わたしは口を挟んだ。「わたしが言ったの。ジュディスがわたしに話してくれて、わたしはあなたの無実を信じてたから、トリローニーさんにそのまま伝えてもかまわないと思ったの」

「ジュディはそれを話しただけじゃないよね」ウォレンはあざ笑うように唇を歪めて言った。「僕が殺ったと思うって、はっきり言っただろ」

「いい加減にしなさい！」わたしは腹が立って声を荒らげた。「この事件であなたが有罪になる心配はないよ、ウォレン。神様は愚かな人間と子どもじみた人間を守ってくれるからね。あなたのふるまいはその両方だもの。あなたが殺ったと思うなんて、ジュディスはひと言も言ってません。今朝、あなたをあの部屋で見たとき、どう理解したらいいのか、まったくわからなかった。だから、ウォーターズ巡査部長からあなたが屋敷に戻った時間について問われたとき、あなたはその数時間前から部屋で眠ってたって思わせようと嘘をついてしまったの。でも、運の悪いことに、ジュディスが言った時間は、イングリッシュ夫人の死亡時刻とほぼ一致した。今、ジュディスは気に病んで、頭がおかしくなりそうなんだから。あなたが逮捕されたのは自分のせいでもあるって」

そう聞くと、ウォレンの表情は和らいだ。「かわいそうな、かわいいジュディ！」と、彼は生気のない声で言った。「きっと、僕のために精一杯やってくれたんだろうな。なのに、ありがたく思うどころか、ひどいことを言ってしまった。でも、僕があそこに立っているのを見たら、あの性悪な雌ネコに手を掛けたと思うのは当たり前だ。何より僕にはそうしてもおかしくない理由がある！」

トリローニーは傍らに立って、何も言わず、しかし、会話にはしっかり耳を傾けていたが、ここで口を開いた。

「理由とは何かな、デーン君」トリローニーは訊ねた。

ウォレンはここにもう一人いるのを忘れていたかのように、はっとして顔をそちらに向けた。

「お話ししなければなりませんね」ウォレンは言った。「そうでないと、僕の今の発言は自白ということになりますよね。あ、二人とも座って。気の滅入るような厄介事をすっかり吐き出しますから。でも、そうしたら、少なくとも僕は、胸のつかえが下りてさっぱりする」

わたしは粗末な簡易寝台に座っていたウォレンの隣に腰を下ろし、トリローニーは独房に備え付けの、がたついた一人用椅子にひょろりとした長身を折り曲げて収まった。

ウォレンはどこから話し始めようか決めかねているように、しばらく無言だったが、やがて、「ティムのことは、トリローニーさんに話した?」とわたしに向かって訊いた。

「ええ」わたしは答えた。「何かしらこの件に関係してるかもしれないと思って」

ウォレンは簡易寝台の端の自分の横に置いてあったパイプをつい手に取り、それから、また置いた。その動作の意味を察したトリローニーは、未開封の刻みタバコの缶を取り出し、ウォレンに向かってぽんと放った。

ウォレンは、わたしたちがここへ来てから初めてにっこりして、「うわあ」と声をあげた。「もし僕が本当に犯人だったら、このお礼に洗いざらい白状するところなんだけどなあ!」

「もしかしたら欲しいかもしれないと思ってね。君はパイプを吸うとパイパーさんから聞いてたから」トリローニーは言った。「そのまま持っておいていいよ」パイプにタバコを詰め終わったウォレンが缶を投げ返そうとすると、トリローニーは続けて言った。「僕の分はここにあるから」

トリローニーが自分のパイプを取り出し、二人が火を点けているあいだ、わたしはわたしで紙巻きタバコに救いを求めた。そのあと、ウォレンの話が始まった。

「昨晩、僕が二階のイングリッシュ夫妻の寝室へコーヒーの盆を運んだときから話します」ウォレンは肺いっぱいの煙を吐き出し、そうすることで緊張を和らげているように見えた。「そのことはご存じですね」

「ああ」トリローニーはうなずいた。「続けて」

「寝室の前まで来て、扉を開けてもらおうと、先生を呼ぼうとしたんです」ウォレンは続けた。「すると、中からイングリッシュ夫人の声が聞こえてきて、少し感情的になっているようでした。聴くつもりはなかったんですが、もしかしたら間が悪いかもしれないと、先生を呼ぶのをためらっていました。

　取り乱した声だったので、何を言っているのかわからなかった。でも、イングリッシュ先生がそれに答えて、『だからどうだと言うんだ、マーガリート。君がそう思おうが思うまいが、そんなことを彼に言うべきじゃないだろう』と言うのが聞こえました。すると、またイングリッシュ夫人の声がして、今度はもっとはっきりと、こう言った。『ああ、もうやめてよ、ハリー！　ティム・ケントが自分を撃っちゃうようなおバカさんだったなんて、わかるはずないじゃないの。あたくしが殺したみたいな言い方をして』と」

　ウォレンは最後のセリフを、息もつかない勢いで吐き出した。と同時に、蒼ざめ、わなわなと震えた。このセリフをくり返したことで、最初に耳に飛び込んできたときの衝撃にふたたび襲われたようだった。

「僕の気持ちなどわからないでしょうね、トリローニーさん」短い間を置いたのち、ウォレンは続けた。「僕にとってのティム・ケントと同じ意味をもつ友人があなたにいるなら別ですが。もしいるなら、説明の必要はないでしょう。

　その瞬間、僕は文字どおり激昂した。目の前に血の色の霧がかかったように思え、すぐさまその部屋に突進して、人を小馬鹿にしたようなあの女の醜い顔が黒くなるまでこの両手で首を絞めあげたかった。どうしてそうしなかったんだか。

　そのうちに、真紅の霧はかかったときと同じ速さで晴れていき、後頭部に妙な痺れが残るだけとなった。このときは、ただひたすら、その場を離れて頭の中を整理したいと思った。コーヒーの盆はどうしたのかな。扉のすぐ外にあった小さなテーブルの上に置いたんだろうな。そのあと、階段を駆け下りて、裏口から外に出ると、自分の車に飛び乗り、出せるかぎりの速度で走ったんです。

　一時間ほど走ると、頭が多少はっきりしてきて、それまでよりはまともに考えられるようになった。そのころには、この手で復讐してやりたいという気持ちは収まって、イングリッシュ夫人を罰しようにも、自分には手立てがないのに気づき始めた。法の力は及ばない。人の道にもとる行為による殺人について定めた法律書なんてないですからね。屋敷に戻って、ほかのみんなにあの女の何たるかをぶちまけようかとも考えたけど、その程度じゃ、たいした効果がないのはわかっていた。あの手の女に恥を知れと言ったところで無駄でしょう。良心も慎み深さもないんですから。考えれば考えるほど、自分には、あの女に悪行の報いを受けさせることができないとわかってきた。無力さに嫌気がさし、こんなふうに行き詰まったとき、男なら誰もが選ぶ行為に甘んじた。最初に見つけた居酒屋で車を降りて、酒を飲んだんです」

「それから？」ウォレンが口をつぐんだので、トリローニーが促した。

「はっきり憶えていないんですが」ウォレンは正直に言った。「その店に閉店までいたと思います。

店主が僕のテーブルに来て、丁重に、でもきっぱりと店を出てほしいと言った。車を運転できる状態ではなかったけれど、仕方なく運転した。自分の命も他人の命も無事だったのが不思議ですよ。どこにいるのやら、どこへ向かっているのやら、さっぱりわからないまま、そのあと数時間は運転した。やがて、〈アーリー〉の裏の小径を走っているのに気づき、勘だけを頼りに敷地に入って、車を車庫に入れたってわけです。

屋敷の正面玄関の鍵は開いていた――自動車事故に遭った人を助けるために夜中に呼び出されたジョージ・レイバーンとイングリッシュ先生が開けっ放しにしていったのだと、あとから聞きました。そこで、とにかく僕は家の中に入った。

階段を上っていると、踊り場のところの扉が半分開いていて、中でランプが灯っていた。まだ僕はかなり酔っていて、自分が何をしているのかも、どこへ行くつもりなのかも、まったく意識のないまま部屋に入ったんです」

ウォレンはまた口をつぐんだ。今回は、消えてしまったパイプの火を点け直すためだった。そのあと、それまでよりわずかにかすれた声で話を続けた。

「イングリッシュ夫人が床の真ん中に倒れていました。ぴかぴかの真っ赤な服――いや、ネグリジェってやつかな――を着て。一目見たとき、血の海の中に倒れているのかと思った。

意外に思うかもしれませんけど、仰天して酔いが一気に醒めたとはならなかった。何が起こったんだろう、誰かが何かしたんだろうかとさえ思わなかった。僕が確信したのは、いや、確信したかったのは、この女が死んでいるということ、つまり、ティムの敵がとれたということだった。

次に僕がとった行動は、酒のせいで正気の沙汰でなかったとしか説明のしようがありません。僕は彼女の体を両腕に抱えて引っぱり上げ、ベッドまで運んだ。そして、そこに寝かせ、着ていた赤い服をわかるかぎりで整えて、両手を胸の上で組ませた。右の腕をうまい位置に持っていくのに苦労したのを憶えています。肘が硬直し始めていたから。洗面台の上でランプが燃えていたので、彼女の頭のところに来るよう動かした。それから扉まで行って、外の踊り場で燃えていたランプを持ってきて、ベッドの足元にあった椅子の上に置いた。こうして僕は、妙な満足感を味わった。なぜだかわからないけど味わったのは事実です。

だが、まだ終わりではなかった。然るべき姿にするには、花を持たせなければならない。二日前の夕方にタトル夫人が食卓を飾るためにつくった花束を思い出し、僕はそれを取りに一階へ戻った。花束を手に取ってみると、真ん中に一本、ジョー゠パイ・ウィードがあるじゃないですか。ティムにとって特別な花なんです。その花の詩を書いているんです。花束の中で彼を象徴していました」

「ああ、その話は聞いた」もっと詳しい説明が必要かどうか、ウォレンが迷っている様子で口ごもったので、トリローニーは言った。「それで、最初は花束を丸ごと持っていこうとしたけど、ジョー゠パイ・ウィードだけにしたんだね」

ウォレンはうなずいて、「そうです」と言った。

「ちゃんと理由があったんです。ティムへの行為に対する神の意志とでも言うべきか。

彼女の両手のあいだに花を挟んでいると、背後で物音がして、振り返ると、ジュディス・ノートンが扉のところに立っていた。

一瞬、僕たちは微動だにせず、目だけを見合わせた。すると、ジュディスは身を翻した。階段を駆け上って寝室に戻る音だけが聞こえてきました。朝になってようやく、彼女がどんなふうに思ったか気がついたんです」

ウォレンが話し終えると、トリローニーは数秒ほど、今の話を頭の中で反芻でもするように黙っていた。だが、意外そうな様子はなく、むしろある程度は予想していたようだった。ようやく開いた口から出てきたのは質問だった。だが、驚いたことに、ウォレンが説明を終えたばかりの現場での出来事とは関係のないものだった。

「憶えているかな、デーン君」トリローニーは訊ねた。「君は何時にその居酒屋から出てきたのかな」

だが、ウォレンは首を横に振り、「まったくわかりません」と正直に言った。「でも、かなり遅かったはずです。店は、僕とあと一人か二人の客に帰るように言うずいぶん前から、酒を出すのをやめてましたから」

「居酒屋の名前は憶えてるかい」

ウォレンは言うことを聞かない前髪を指で掻き上げた。集中しようとしているとき、彼はいつもこの仕草を見せる。

「すみません、気に留めていませんでした」と、ややあってウォレンは言った。「憶えているのは幹線道路沿いにあって、町を二つ抜けたあと、たどり着いたということだけです。ああ、隣にガソリンスタンドがありました」考えたのち、こう言い足した。

トリローニーはこの情報を記憶に留めようとしているようにうなずくと、「今日は日曜日だから」と言った。「昨晩は、店の主人は一二時に酒を出すのをやめなければならなかったはずだ。表向き、店を閉めてから、君を追い出すまでを三〇分とすると、君がふたたび車に乗ってその店を離れたのは少なくとも一二時半は過ぎていただろう。天候と運転したであろう距離を考えれば、〈アーリー〉に戻るには一時間から一時間半かかったはずだ」

「だとしたら、二時ごろには戻れたことになりますね」ウォレンは考え込んでいるようだった。「それよりずっと遅かった気がするけど」

「ということは、ジュディスが言っていた時間より前に戻ってこられた可能性があるのね」わたしは指摘した。「しかも、イングリッシュ夫人の死亡時刻よりも前に。実際は違うけど」

「そうだ」トリローニーはうなずいた。「つまり、たとえそのくらいの早い時間に屋敷に戻れたとしても、彼女の死んだのが二時ごろとした場合、彼には毒を飲ませることはできなかったのを証明しなければならない。その証明はできると思う。カフェインは非常に即効性のある劇薬だが、致死量を摂取して効果が現れるまでには少なくとも三〇分は必要だ。それに、そいつを飲むよう仕向けるにも、ある程度の時間がかかるだろう。力ずくで毒を飲ませるのは簡単でないはずだし。もし他殺なら、被害者は仕向けられて自分からそれを飲んだにちがいない。もちろん、中身の性質は知らずにね」

「そういうことね！」わたしは思わず声をあげた。「真夜中にイングリッシュ夫人を寝室から呼び出して、何かを飲ませるなんて、そもそもウォレンには無理という話ね。彼女は疑り深い人だったから、嫌がったはずでしょうし。もっともらしい理由を見つけて、少しずつおびき寄せないと不可能なはず」

「そのとおりだ」トリローニーは相づちを打った。「ウォレン君がそれを成功させたとしても、毒の効果が現れるまでには、少なくとも三時にはなっているはずだ。しかし実際は、その時間にはイングリッシュ夫人は死んでいた」

「ちょっと待ってください」ウォレンが口を挟んだ。それでも、彼の瞳には希望の光が輝き始めていた。「今朝、検死官は、死亡時刻を二時から三時半までのあいだと言ったと思うんですが」

「検死官がまちがってるのさ」トリローニーは断言した。「パイパーさんとノートンさんの話では、君が戻ってきたのは明け方の五時ごろのようだ。そして、君自身の今の話によれば、イングリッシュ夫人の遺体を動かしたとき、すでに死後硬直が始まっていた。死後硬直がはっきり現れ始めるのは死後早くて三時間、通常はそれ以上だ。つまり、彼女は二時をわずかに過ぎたころ死んだにちがいない」

トリローニーは、「さて、君をここから出すために、僕にはやらなければならないことが二つある」と続けた。「一つ目は、検死官に死亡時刻をさらに限定してもらうこと。いや、言われなくとも、やってくれるだろう。今ごろ解剖も終わって、胃の内容物が調べられている。二つ目は、君の行った居酒屋の店主を捜して、君が店を出たのは一二時半を過ぎていたと証言してもらうこと。少し時間がかかるかもしれないが、できるだろう。だから心配はいらない。遅くとも一日かそこらで、ここから出られる」

「すばらしかったわね！」数分後、トリローニーとともに留置場から出てきたわたしは大喜びで叫んだ。「ああ、もうウォレンの無実は証明できたようなものね！」

トリローニーはわたしを見下ろし、からかうような笑みを浮かべて、「そう、先を急ぐなよ、ピーター・パイパー」と諭す口調で言った。「今回の容疑は晴らせるかもしれないが、完全に無罪となるのは、真犯人、本当にいるならだけど、そいつを捕まえてからだ」

「そのための、あなたの次の作戦は？」多少の不安が蘇る（よみがえる）のを感じながら、わたしは歯切れ悪く訊ねた。

「まず」トリローニーは答えた。「君を〈アーリー〉に送っていく。着いたら君は、デーン君からたった今聞いた話をいっさい誰にも言わないこと――ノートンさんにも、だ。そのあと僕は、街道沿いの居酒屋の店主を捜しに行く。夜までかかるだろうが、それ以上はかからない。今日終わらなければ、あとはウォーターズ巡査部長とその部下たちに任せて、明日の朝一番に〈アーリー〉に顔を出すよ。今度は、例の行方知れずの日記帳を捜してみよう。きっと見つけるぞ。まだ存在していれば、だけどね。そこにすべての謎を解くカギがあると断言していいだろう」

第一六章　真夜中に彷徨う者たち

〈アーリー〉に戻ると、ほぼ全員がわたしを質問責めにしようと待ち構えていたけれども、もちろん、頑として応じるわけにはいかなかった。みな、わたしの態度に少々むっとしていたが、今思えばそれも責められまい。もしほかの誰かが、殺人の疑いのある不可解な事件を捜査中の本物の刑事に協力（たとえばの話だ）するために午後いっぱい外出して、帰ってきても意固地になって口を閉ざしていたら、わたしだってむっとするだろう。だが、無言を貫けというトリローニーの命令に背かないかぎり、わたしにはどうすることもできなかった。そこで、書かなければならない手紙が何通かあると口実をつくり、携帯用タイプライターを手に裏庭のポーチへこそこそと逃げた。

と、そこにアリスがいて、豆の莢(さや)を剝きながら、彼女が言うところの「心の苦悩」に耽(ふけ)っていた。

「どうしたの、アリス」わたしは訊ねた。「また〝白い服の女〟でも見た？」

驚いたことに、アリスは首を縦に振り、「そうです、ミス・ピーター」と、それは陰鬱な顔で答えた。「よくねえ予感です。またも死に神様がこのあたりを飛んでます。あたしは感じるんです。ここから逃げ出してえ」そのあと、子どもじみた哀れな声で、こうつけ加えた。「おうちに帰りてえ！」

「だめなの！」わたしは必死で言った。「今はまだ無理なの、アリス……そうね……えっと、警察が、うんと言うまで」

アリスが呻き声を出した。「それまでに、みんな死んじまいます」アリスの予言だった。「あたしにはわかります、ミス・ピーター。見ていてくだせえ」

アリスの〝白い服の女〟の正体はいまだにわからない。アルシーアには、黒人の女の子の妄想に決まってるでしょと何度も言ったし、そうとしか考えられなかった。けれども、踊り場のあの緑色の扉の前を通るたびにわたしたちだって薄気味悪さを感じたし、姿を見たとアリスが言うたびに〈アーリー〉で実際に事件が起こったじゃないのとアルシーアに言い返されると、わたしも自信がなくなった――いや、そんなのは馬鹿げている。

その夜は、みな談笑しようともしなかった。夕食がすむや、タトル夫人は頭が痛いと不機嫌な顔で訴え、横になると言って寝室へ上がっていった。本当に痛かった――わたしだって痛かった――のだろうが、よりによってその不調を口にするのは間が悪かった。イングリッシュ夫人は、同じように訴えてから一時間もしないうちに死んでしまったのだから。

みなが食卓をあとにして居間へ移動すると、アルシーアがたいしてその気もなさそうにトランプのブリッジを始める用意をした。ほぼ全員が理由をつけて参加しなかったが、彼女はさしてがっかりした様子でもなかった。手紙を書かなければならないと言う者（これは嘘でないだろう）、トランプは好きでないと言う者、理由をつける気さえなく、きっかけを見つけるやどこへともなく消えてゆく者。結局のところ、アルシーアとフランとわたしで、正式な呼び名は「ヘルプ・ユア・ネイバー」だが、わたしとジュディスが善隣政策（一九三四年、F・ローズヴェルト大統領がとった対中南米友好政策）にちなんで「ローズヴェルトの戯言」と新しく命名したカードゲームに興じることで落ち着いた。

熱中するでもなく一、二勝負を終えたところで、ジョージがふらふらと居間へ入ってきた。困ったような顔をしていた。

「シムズさんにはひと言言ったほうがよさそうだな」ジョージはわたしたちのいるカードゲーム用テーブルの横まで来た。「今回の事件のことをしゃべりたくてたまらないらしい。まるで……その、ピートの小説の一場面みたいだと」

アルシーアはひっくり返そうとしていたカードを置き、「あのおチビさんときたら理解に苦しむわね」と声を荒らげた。「おとなしくて悪気のない人だと思ってたけど、今回のことで猟奇趣味に走り始めたみたいね。でも、しゃべるぶんには害はないでしょ。しゃべらせておけばいいわ」

「それはどうだろうな」ジョージは歯切れが悪かった。「みんな、いらいらし始めてるんだよ。ちょうど今は、テディー・タトルがシムズさんを怒鳴りつけてるところだし、五分前は、外にいたジュディスが跳び上がって家の中に駆け込んできた。だが、何より心配なのは、今夜、シムズさんがイングリッシュ先生に何を言いだすか、だね。先生にはシムズさんと一緒の寝室に入ってもらうことにしたんだよ。ウォレンはいなくなってしまったし、イングリッシュ夫人の寝室は警察が立ち入り禁止にしたから」

アルシーアが大切なジョージに立腹するのを見たのは、これが初めてだった。

「まあ、呆(あき)れた、ジョージったら!」アルシーアは悲鳴をあげた。「いったいどうしてそんなことできるの？　シムズさんの分別を考えたら、夜遅くまで寝ないで自分の狂気じみた推理をまくし立てるのが落ちでしょうよ——こともあろうにイングリッシュ先生にね！　かわいそうに、先生は今、気も狂わんばかりなんだから。そこに追い打ちをかけるようなことをするなんて」

「でも、ほかに方法がないだろう」ジョージの言い分も、もっともだった。「まさか一階のソファーで寝てくれとは言えないし。誰か、いい案があるなら——」

「そうね」フランが提案した。「誰かがシムズおじちゃんのおでこを何かでバチンと叩いて、朝まで口が利けないようにするのはいかがかしら」

「誰かにやってほしいものだわ！」アルシーアは心底そう思っていた。

夜も更け、それぞれ寝室へ行き、わたしはベッドに横たわって、女性がイングリッシュ夫人を殺害した可能性もあるとトリローニーが言っていたことをいつまでも考えていた。彼女をあからさまに嫌っていたジュディスを指したのだろうか。それともマーガレット？　あの中傷の手紙は、少なくともトリローニーの頭の中では殺人の動機に値するのだろうか。悪い噂を立てられたくらいでそうそう人は殺さないとわたしが意見したとき、彼も納得していたではないか。だが、彼がほのめかしていたように、もしマーガレットに、まだ話してくれていない何かがあったとしたら——そして、それがイングリッシュ夫人の消えた日記帳に書かれているかもしれないとしたら。

すると、また別の考えが頭の中に湧いてきた。余命いくばくもないとティムに言ったことをイングリッシュ夫人が日記に書いていて、ジュディスがそれを読んでいたとしたら！　ティムに恋心なんて抱いていないと言っていたけれど、それは本当だったのだろうか。ティムの遺書が見つかった話をしたとき、ジュディスはかなりの衝撃を受けていたではないか。すでにそのことを知っていた？　だが、たとえジュディスは読んでないにしても、そのことが日記に書かれていて、警察がそれを見つけたら……。

他殺だろうが自殺だろうが、すべての謎を解くカギが日記の中にあるのはほぼまちがいないとトリローニーは言っていた。そして、わたしも、きっとそうにちがいないと次第に確信を強めていった。

それにしても、その忌まわしい代物はいったい誰が持っていき、今はどこにあるのだろう。

自分が自殺説を主張していたことをすっかり忘れ、殺人犯が持っていったというのが前者の疑問の最もわかりやすい答えではないかとわたしは結論した。だが、後者の疑問は手ごわい。自らの寝室に隠すのは、とりわけ同室の相手がいるとしたらあまりにも危険な気がする。燃やしたという可能性が高いかもしれない。だが、これまでのところ、それができる機会はない。少なくともわたしはそう思う。犯行に及んだ夜に持ち出したとしても、あの大雨の中で燃やすのは無理だったはずだ。陽の高いときに燃やそうとすれば、誰かしらが目撃したり煙の臭(にお)いを嗅いだりしたにちがいない。つまり、日記帳はまだこの屋敷のどこかに隠してあるはずだ。

もしわたしが犯人で、有罪の証拠となる見つかってほしくないものを持っていたとしたら、どこに隠すだろうか。隠すのはまちがいない。偶然に見つかってしまいそうな場所ではだめだ。屋敷じゅう、ほぼすべての部屋を誰かしらが使っているのを考えると、そうした場所はほとんどない。

と、不意にある考えが浮かび、文字どおり衝撃で息が止まった。誰も行かない唯一の場所……この出来事のせいで、うまい具合に誰も立ち入らなくなった場所……緑色の扉の部屋だ。

数秒のあいだ、わたしは暗闇に横たわったまま、その推理を頭の中で転がした。考えれば考えるほど、まちがいないと思えてきた。眠るなんて、もう無理だ。早く朝にならないかとじりじりした。わたしの推理をトリローニーに話したい。だが、自分の小さな目覚まし時計の蛍光塗料の文字盤に目を遣ると、やっと一二時半になったところだった。

すると、また別の考えが頭をもたげた。朝まで待つ必要があるだろうか。緑色の部屋へこっそり下りてゆき、この推理が正しいかどうか、今すぐ確かめればいいではないか。日記帳があの部屋にあると思うなら、それをただ伝えるより、実物を自分で見つけてくるほうがどんなにか気分がいいだろう。それに——心の内を曝してしまおう——わたしは密かに、自分がどんなに賢いか、テッド・トリローニーに見せたくてたまらなかった。トリローニーはわたしが答えを出せなかったことをすべて、いとも簡単に解決してのけたので、わたしにだって一人でできることがあるのを示したいという不純な欲求でこの頭の中はいっぱいだったのである。

今になって思えば、良識があったとはいえない。一方で、良識が長所だったことなど一度もない。じっと動かないジュディスにこっそり視線を送ったあと、わたしは静かにベッドから抜け出し、スリッパをはいて化粧着を羽織った。緑色の部屋の扉は、その日の午後、ウォーターズ巡査部長が鍵をかけて帰ったのは知っていたが、同時に、この屋敷の部屋はすべて、どの鍵を使っても開けられるのもジョージから聞いて知っていた。そこで、わたしは知識のかぎりを尽くして音を立てずに自分の寝室の扉まで移動すると、鍵を手で探った。

挿してあった鍵を引き抜こうとしたとき、忌ま忌ましくも旧式の大きな錠前に当たって、がちゃりと金属音がした。その瞬間、ぐっすり眠っていると思っていたジュディスがベッドの上でいきなり体を起こした。

「ピートなの?」ジュディスは怒ったように言った。「どうしたのよ」

「なんでもない」低い声で囁くように答えたが、いつになくとげとげしい口調が自分の耳の中で響いた。「水を飲みに行ってくる」

そう言って、わたしは化粧ダンスの上に置かれた水差しに逆さにかぶせてあったコップへ手を伸ばした。寝る前に水差しをいっぱいにしたのをジュディスが思い出しませんようにと必死で願いながら。

明らかに思い出さなかったようで、ジュディスはそれ以上は何も訊ねず、またばたんと倒れた。わたしはほっとして廊下に忍び出た。

ランプが主廊下と脇の廊下の角に一つ、それから階段の踊り場に一つ、灯されたままになっていた。相対する方向から伸びる光が、階段の吹き抜けの中と、手すりと手すりのあいだに、二つの影を投げかけ、歪(いびつ)な三角形をつくっていた。踊り場にランプがあったのを心の中で神に感謝し、緑色の部屋に入ったらそれを使おうと考えた。

緩んだ床板が軋(きし)む音を出す危険の少ない壁側から離れないように忍び歩き、階段までくると、下り始めた。微かな風が手すりのあいだを吹き抜け、わたしを引き戻そうとするかのように、気持ちの悪いひんやりした指で剝き出しの足首に触れたけれど、わたしはひるまなかった。心は逸(はや)り、目的しか見えていなかったので、トルネードでも来ないかぎり何ものもわたしを制止できなかった。

永遠とも思える時間をかけて、五段の階段をじわりじわりと下りた。うっかり音を立てるたび、静寂の中で銃声が響いたように感じた。こうして、ついに緑色の扉の前に立った。鍵を錠前にはめ込む手はがたがたと震えていたが、扉の前を通るだけで体の中に湧き起こっていた、あの曰く言いがたい神経の昂(たか)ぶりはなかった。恐怖心とは神の授けてくれた最良の自己防衛手段だが、このとき、恐怖心は別の感情に押しのけられていた。

わずかに手を動かすと、鍵が回り、油の切れた錠前が摩擦音とともにがちゃんと弾けるように開いた。ああ、屋敷じゅうが目を覚ましてしまうと思ったが、数秒経っても、二階の廊下に並んだ扉のどこからも頭は出てこなかったので、わたしは飛び出しかけていた心臓をぐいと飲み込み、計画は進めても問題なしと判断した。

鍵を錠前から抜いて化粧着のポケットに入れると、踊り場の小テーブルの上に置かれていたランプをつかみ、もう片方の手で目の前の扉の取っ手をひねった。扉は弧を描いて開き、光を受けた真っ黒な影の塊が、あたかもいけないことをしているところを見つかり、しまったと思ったように、さっと奥へ退いた。ランプの光が、今や空っぽだが最後におぞましいものを載せていたときの跡がなお残っている鉄製の簡易ベッドの上に落ちると、わたしは戦慄を覚えた。だが、感情を抑え、手にしたランプを、その日の朝、二つのランプのうち一つが載っていた洗面台の上に置くと、消えた日記帳を捜す作業にとりかかった。

一目見るなり、その部屋にはうまい隠し場所が少なそうだと気づいた。裏返せば、日記帳があるならある、ないならないとすぐにわかるにちがいない。この古びた洗面台のほかに大きな家具は一つ――部屋の木造部分に合わせて緑色に塗られた、時代がかった整理ダンスだけだ。ここから始めよう。引き出しを上から順に開けていった。だが、ジョージのお祖母さん手作りのキルトが数枚入っていただけで、あとは空っぽだった。最後に、四つん這いになってタンスの下を覗き込んだ――埃を鼻いっぱいに吸い込んで苦しい思いをしただけだった。次に、洗面台に目を遣った。

洗面台に一つついた引き出しの中を調べた――掃除のときに見逃されたり放っておかれたりした二、三の細々したものを除いて、やはり空っぽだった。そして、その下の小さな戸棚を開けようとしたとき、喉から飛び出た心臓がぶつかって奥歯の詰め物が外れるかと思った。二階の廊下で、緩んだ床板の軋む大きな音がしたのだ！

わたしは光の速さでランプをつかんで火を消した。今思えば、その床板の軋みが自分の身の危険を知らせる音だと頭の中でとっさに判断したわけではなかった。体が勝手に反応しただけだ。もしくは、何か思ったとすれば、暗いはずの踊り場に扉の下の隙間からわたしのランプの光が漏れ出していたら、二階から誰かが見に来てしまうということくらいだった。

暗闇が耳に聞こえぬ叫び声をあげ、わたしの全身にのしかかった――暗闇が叫ぶというのが信じられないとしたら、誰かが殺されたばかりの部屋で、真夜中にただ一つ灯っている光を消してみてほしい。五〇年も一〇〇年も過ぎたのではないかと思えるあいだ、わたしはそこに正座していた。息は詰めず――息は、いきなり闇に閉ざされた瞬間から止まっていた――に、じっとしたまま音がふたたび聞こえてくるのを待った。やがて、肺をもう一度働かせようかというとき、また音がした。今度は、もっとずっと不吉なことを告げる音。かちゃりと微かに、外側の錠前にふたたび鍵がはめ込まれた金属音が！

野球選手が塁に滑り込みするのを実際に見たことはないが、やり方はもうわかった。その方法で、わたしは床の上を洗面台からベッドの下まで移動したからだ。

数秒かけて、冷静に――そう言っていいのなら――なった。そのあいだに、扉の前の人物は、すでに錠が開いているのに気づき、扉を押し開けた。かと思うと、扉の大きさのランプの光が影のほとんどをベッドの下まで投げ込んで、わたしはそれらに取り囲まれた。

わたしのうつ伏せになった場所からは、わずかな一部分を除いて床の大半が見渡せた。一方で、少なくともわたしが見えない場所からは、わたしが見られることもなかったので、その点は安心だった。

足を引きずって静かに洗面台まで進む音と、洗面台の上面の大理石の部分にランプを置いたにちがいない音がした。音の主がわたしの持ち込んだランプの火屋（ほや）に触れて、まだ熱いのに気づきませんようにと、わたしは祈り始めた。わたしがいるのを教えるようなものだからだ。だが、それはなかったようで、足音はふたたび洗面台を離れると、今度は整理ダンスのほうへ向かった。

明らかに男性の、灰色のフェルトの寝室用スリッパにすっぽり包まれた両足が、わたしの視界に入ってきた。その上に目を遣ると、白いパジャマのズボンの裾がいくぶん骨ばった足首の周りで揺れていた。いったい誰だろうか。わたしは憶測を巡らせながらその足を凝視した。ジョージか。いや、違うと思う。ジョージの足ほど大きくない。テディー・タトル？　シムズさん？　イングリッシュ先生？　この中の誰かにちがいないのだが。男性の足とはこんなにも個性に乏しいものかと、このとき初めて気がついた。

と、新たな疑問が湧いてきて、男の正体などどうでもよくなった。この男はここで何をしているのか。次の瞬間、その答えがこだまのように返ってきた。この男は人殺しの犯人で、日記帳を取りに戻ってきたにちがいない！

このときまでは恐怖は感じていなかったかもしれないが、その時間を取り戻すように、わたしの体は火照りと悪寒をくり返し、蜂の巣の穴ほどの大きな鳥肌で埋め尽くされた。両足はずんずんこちらに迫ってきて、わたしの目からはドクター・サイクロプス（一九四〇年公開の米国映画『ドクター・サイクロプス』の主人公。禿げ頭で丸眼鏡の狂気じみた科学者の主人公が生物を縮小する実験を成功させ、実験場所を訪れたほかの科学者などを縮小してしまう）の足くらいの大きさになった。

それにしても、整理ダンスの前でいったい何をしているのだろう。わたしがその中を調べてから五分も経っていないが、日記帳はなかった。この極悪人は、日記帳をどうしたのか思い出せないのだろうか。

恐怖に襲われた最初の瞬間、わたしはベッドの下で無意識に体をできるかぎり後方に引いていた。つまり、背中を壁に押しつけ、横向きに寝た格好になっていた。この体勢では、覆いかぶさっているベッドの底を斜め下から見ることになった。このとき、この場所までわずかに差し込んできていたランプの仄暗(ほのぐら)い反射光の中で、何かがわたしの目に映った。マットレスカバーの淡い色を背に、黒い長方形の物体の輪郭が浮かび上がっている。目にするのは初めてだったけれど、その正体は瞬時にわかった。イングリッシュ夫人の消えた日記帳だ！

興奮が走った瞬間、テレパシーが足の持ち主へ伝わったにちがいないと、わたしは今も信じている。ほかに考えられようか、両足がいきなり向きを変え、ベッドに直進してきたのだから。次の瞬間、寝具とマットレスが持ち上げられ、生気のない二つの瞳がまん丸の禿げ頭からわたしを見下ろした！

そこから先は思い出せない。このあと、わたしは気絶した。

第一七章　死に神がふたたび

意識は失ったときと同じように、前触れもなく戻ってきた。わたしはジュディスとわたしの寝室の自分のベッドに横たわっていて、片側にジュディスが立ち、もう片側ではイングリッシュ先生がわたしの脈をとっていた。マーガレットとカーンズ夫人が隣の続き部屋との扉のところに、頭をぐるりとひねるとアルシーアとほかに一人、二人が廊下との扉のところに体を寄せ合い立っていた。イングリッシュ先生がいるのを別にすれば、真夜中に寄り集まって無駄話に花を咲かせた学生時代のような光景だった。と、記憶が、返す波のように戻ってきた。

「あの男はどこ?」わたしは体を起こそうとしながら、語気を強めた。「逃げたの?」

「誰のことかな、ピーター」イングリッシュ先生が、わたしの手首を放しながら言った。

「あら、殺人犯に決まってる」わたしは苛立ちを隠せなかった。「どこへ行ったんですか」

くすくす笑いだすとはアルシーアも趣味が悪い。「殺人犯じゃないわよ」彼女は真相を明かした。

「あれはシムズさん」

こうして、わたしの話がつなぎ合わされ、事の全貌が明らかになった。シムズさんが、いまや知らぬ者のいない日記帳の存在を、ほかの人たちとともにマーガレットから聞き、その行方についてわたしと同じことを思いつき、捜しに来たというわけだ。そもそも日記帳が消えたのをシムズさんがなぜ知っていたのかは、わからなかった。見つかっていたら具体的な話が出そうなものを、警察の捜査が始まっても話題にのぼらないので、そう推測しただけだろうか。だが、いずれにせよ、彼の推測は正しかったわけで、事件現場の緑色の部屋にわたしの直後に入ってきた——もちろん、わたしがいるとはこれっぽっちも知らずに。わたしに覆いかかってきたのは、マットレスの下も捜してみようと思ったシムズさんの人畜無害の小さな禿げ頭だったのだ。

だが、寿命が一年も縮まろうかというほど仰天したのは自分だけでなかったと知り、溜飲が下がったのも確かだった。ひっくり返っているわたしを見たシムズさんは、その瞬間、てっきり死んでいると思い、また一人殺されたと屋敷じゅうに響く叫び声をあげた。なかなかおもしろい話ではあるが、そのときは笑う気分になどなれなかった。

騒動も収まり、それぞれが自分の寝室へ戻ってゆくと、いっとき忘れていたことが、突如、頭に蘇(よみがえ)ってきた。日記帳は緑色の部屋に隠されていた——シムズさんが捜し始めた、まさにその場所にあった。彼は日記帳があるのに気づいただろうか。最初に目に入ったのがわたしの姿だったとしたら、気づいていないかもしれない。

こっそりあの部屋へ戻って、日記帳があのままあるかどうかを確かめに行こうかと、そのあと数分ほど迷っていたが、最終的に、そうした危険を冒すのはやめた。あんなに恐ろしい目に遭った直後にあの部屋に戻るかと思うと気が進まなかったのも正直なところだが、勇気がなくてこう決断したわけではない。それより、ここで行くとすれば、隣の部屋で先ほどからこそこそおしゃべりをやめないマーガレットとカーンズ夫人はいいとしても、少なくともジュディスには行く理由を打ち明けなければならないだろう。日記帳は、誰かの目に触れる前にテッド・トリローニーが確認したいと思っていることはわかっていた。

翌日、朝食がすむと、わたしはポーチに出て、約束どおりトリローニーが来るのを待った。だが、一〇時になり、一〇時半になっても現れる気配がなかった。彼が滞在しているはずの村のホテルに電話して、何かまずいことでもあったのか訊いてみようかと本気で考えていると、シムズさんが屋敷から出てきた。

「今、お時間はおありでしょうかな、パイパーさん」いつもの半分申し訳なさそうな薄笑いを浮かべた顔でシムズさんは訊いてきた。「お時間があれば、見ていただきたいものがありましてな」黒い表紙の原稿帳を手にしている。

またも、〝ハンニンガ　ヤルノヲ　ボク　モクゲキ〟か、と思ったわたしは、ここに到着した日の夜のジュディスのように、とても耐えられるとは思えなかった。

「あとにしてもらえませんか、シムズさん」わたしは言った。「人を待ってるんです」

シムズさんはそれ以上言わなかったものの、がっかりした様子だった。「ええ、ええ、もちろんですよ、パイパーさん」こうしてシムズさんはまた屋敷の中へ消えていったが、わたしはなんとも惨いことをした気分で後味が悪かった。気の毒なおチビさん！　良かれと思ってここへ来たのだろう。彼を邪険に扱う権利はわたしにはなかった。

だが、シムズさんを見て、わたしはあることを思い出した。日記帳はあの場所に隠されたままか、緑色の部屋へ確かめに行っていない。朝、服に着替えているときも考えたのだが、誰かに目撃されるのを恐れて、見に行かなかった。朝食がすんだ直後も、同じ理由で行かなかった。そのあとは、トリローニーが現れないのに気をとられ、すっかり忘れていたが、ここで思い出すと、行くなら今しかないように思えた。

いざ行かんと立ち上がったちょうどそのとき、トリローニーの車が私道に入ってきた。初めは同乗者がいるのに気づかなかったが、停車してようやく、もう一人の男性の顔を認めた。

「ウォレン！」わたしは嬉しくて思わず大声を出した。「出てこられたのね！　いつ？」

「一時間にもならないかな」車から降りながらウォレンは答え、そのあと、はにかみながら、こう訊いた。「ジュディはどこ？」

「よくわからないけど」わたしは答えた。「家の中にいると思う」

「捜しておいで」ポーチでもじもじしていたウォレンに、トリローニーは声をかけた。「女性を待たせるほど野暮な行為はないよ」

そして、ウォレンが跳ねるように行ってしまうと、トリローニーはこちらを向いた。

「さて、一件落着で、あとは祝賀会を残すのみかな」彼はにこやかに言った。「デーン君のことだけを言ってるんじゃないよ。イングリッシュ先生の協力が得られれば、検死陪審で偶発事故による死と評決が下るよう、もっていけると思う」

「偶発事故による死？」わたしは彼の言葉をオウム返しに言った。「でも、それって偶然の出来事という意味よね。それに、イングリッシュ先生の協力が得られればというのはどういう意味？」

トリローニーはデッキチェアをわたしのほうに向けて腰かけ、長い脚を組むと、ポケットに手を入れ、いつものパイプを探り始めた。

「ちょっとばかり長い話になる」と、彼は言った。「今のところ、大部分は、取るに足らないわずかな事実と、かなりの量の憶測に頼った仮説にすぎないけど、僕は正しいと確信している。だが、証明するには、イングリッシュ先生に、隠していることを正直に話してもらわなければならない――イングリッシュ夫人についてだ。先生は話してくれるかな」

「わからない」わたしは、難しいかもしれないと思いながら答えた。「ティム・ケントの自殺はあの人のせいという話？」

「それだけじゃない」トリローニーは答えた。「それも含まれるがね。だが、検死審問――ちなみに、明日の午後だ――で、先生がありのままを話すことに応じてくれないかぎり、この事件は正式に解決を見るかどうか疑わしい。例の消えた日記帳の行方がわからないかぎり、ともいえる」

ついに勝利の瞬間がきた、とわたしは思った。「日記帳なんだけど」極めて平然とした口調に聞こえますようにと思いながら言った。「見つけたの。昨夜の話ではあるんだけど」

それを聞いてトリローニーはパイプを落としそうになり、「なんだって！」と声を張りあげた。「ピーター・パイパー、君って人は何者なんだい？」

わたしは真夜中の冒険物語の一部始終を聞かせたが、シムズさんの登場場面はなるべくさらりと終えた。

「日記帳を取りに戻らなかったのは正解だ」わたしが話し終えると、トリローニーは褒めるような口調で言った。「ほぼまちがいなく誰かに目撃されただろうし、目撃されたら少なくとも理由を説明しなければならなかっただろうからね。そうとなれば、みんながデーン君のお帰りに気をとられている今のうちに、見に行こう」

わたしたちは見に行った。日記帳はなくなっていた！

「シムズ兄さんが持ってるんだ！」わたしは思わず叫んだ。「わたしに見せようとしてたのは、あれだったんだ！」

　何があったのか、わたしは説明せざるをえなくなった。トリローニーの表情がにわかに曇ったので、わたしは動揺した。

「シムズさんがその日記帳を持っているとしたら、今すぐ彼を見つけて取り上げないと」トリローニーは力を込めて言った。「話すつもりはなかったんだがね、パイパーさん。君が昨晩、日記帳を取りに戻らなくてよかったと言った本当の理由は、それを持っていると危険だと思ったからだ。僕らの立ち向かっている人物がどれほど必死で日記帳を手に入れようとしているかはわからないが、危ない賭けには出ないほうが賢明だ」

「でも、イングリッシュ夫人は偶然死んでしまったって、さっき言ったと思ったけど」わたしは口を尖らせた。

「確かに言った」トリローニーはうなずいた。「だが、それとはまた別の——」

　最後まで言い終わらないうちに、彼はふたたび階段を下り始めた。わたしはますますわけがわからないまま、よろよろと彼のあとに続いた。

　一階の玄関広間で、カーンズ夫人と顔を合わせた。彼女は、何かしらというように鼻をくんくんさせていた。

「何か燃えているみたいな臭いね」カーンズ夫人はトリローニーに挨拶を終えると、言った。「お二人とも、感じないかしら？」

「確かに何か燃えてる」わたしもくんくんしながら首を縦に振った。「紙の臭いみたい」

「紙！」トリローニーはわたしの言葉をくり返し、恐怖のどん底のような表情を見せると、それ以上何も言わずにくるりと向きを変え、屋敷の裏側に向かって走りだした。

カーンズ夫人は、おや、まあとばかりに彼の背中を目で追った。「あのお若い方、いったいどうなさったのかしら、ピーター」カーンズ夫人は言った。「まさか、このおうちが火事だなんて思ってらっしゃらないでしょうね」

「いえ、違うんです――ああ、今は説明してる暇はないの」わたしは振り返って肩越しに言うと、トリローニーを追って走りだした。紙の焼ける臭いが何を意味するのか、想像はついた。誰かが日記帳を燃やしている。シムズさんではないはずだ。

鼻を刺す煙の臭いをたどって車庫の裏まで出てきた。トリローニーが膝をつき、まだ燻(くすぶ)っていた傍らの火を、木の枝で懸命に叩き消そうとしていた。

「日記帳だ、まちがいない」トリローニーは顔を上げて言った。「残念ながら、ひと足遅かったようだ。革の表紙以外はだめかもしれない。だが、できるだけのことはしてみよう。この燃え残りを入れられる箱は手近にあるかい?」

わたしは走って屋敷に戻り、食料品が詰められていた小さな段ボール箱を持ってきた。トリローニーは粉々になりそうな黒焦げのページを、なるべく崩れないように注意しながら持ち上げ、箱に入れた。

「大丈夫かしら」わたしは問わずにいられなかった。「こんなに焼け焦げちゃって、何が書いてあるのかわからないかも」

「そうかもしれない」と、トリローニーは悔しそうに本音を言った。「だが、赤外線写真を使えば、まだ何かしら浮き上がらせられる可能性はある。その可能性に賭けることになりそうだ」

その場を離れようとしていると、車庫の土台を造っていたでこぼこの自然石の一つの上に何かがあるのが不意にわたしの目に入った。真紅の染みで、どろりとして光っている。

「あ、あれ、何？」わたしは指さし、語気を強めた。そう言いながらも、それがなんなのかわかっていたと思う。

トリローニーは段ボール箱を持ち上げようとしていた手を止め、わたしが示した方向を目で追った。彼の顎の両端の筋肉が引きつり始めた。そのあと、彼は無言で、車庫の両開きの扉までどしどしと大股で進むと、片方の扉の取っ手をつかみ、ぐいと片側に引き開けた。

「そこから動くなよ」トリローニーはわたしに早口で命令すると、中に消えた。

一分も経たないうちにふたたび出てきたときの彼の顔はひどく白く、いかにも気分が悪そうだった。わたしもわずかな吐き気を感じながら、トリローニーは血を見るとまるで女性のような反応をするとジョージが半分おもしろがって話していたのを思い出した。

「屋敷に戻るんだ、パイパーさん」彼がまた命じた。「そして、ウォーターズ巡査部長に電話してくれ。すぐにここへ来るようにと」

だが、わたしは動かなかった。「どうしたの」最悪の事態を知らないまま一歩を踏み出すわけにはいかない気がして、わたしは問いつめた。「もしかして……シムズさんね」

「そうだ」トリローニーは明かした。「ほんの数分遅かった」

第一八章　罠

　そのあとの午前中は、前日のくり返しだった。だが、今回は、誰も遺体を見なかった。思うに、女性への配慮が大きな理由だったのではないだろうか。シムズさんは頭部の強打によって息絶えたので、陳腐だが、含みのある表現を使わせてもらえば、あまり美しい光景とはいえなかった。

　二四時間と少ししか経たないうちに、われわれはまたも居間に集められ、ウォーターズ巡査部長による事情聴取を受けた。だが、この日は、明確な目的のもとで厳しく問いつめられ、自殺や事故と主張することもできた前日とは明らかに違っていた。今回はそうした逃げ道はなかった。これは疑いの余地のない明白な殺人だった。

「ミスター・トリローニーによれば、ミセス・イングリッシュは日記をつけていたそうで」ウォーターズ巡査部長が例によって不安を掻き立てるまなざしで、輪になったわれわれを見渡しながら言った。「この男性、シムズは、その日記帳を持っていたために殺されたようです。こうした情報を警察に隠すという由々しき問題については、ここではとやかく言いませんがね。この中で、実際にその日記帳を見たことがあるのはどなたでしょう」

「はい」わたしは進んで返事した。「きのうの夜、見ました。緑色の部屋にあるベッドのスプリングとマットレスのあいだに隠してありました」

「それはもうわかっています、ミス・パイパー」巡査部長は興味がなさそうに言った。「お訊ねしているのは、日記帳の中身を見た人がいるかということです」

一瞬、空気が張りつめた。すると、ジュディスが小学校の生徒のように少々おどおどしながら片手を挙げた。

「見たんですね、ミス・ノートン」ウォーターズ巡査部長はジュディスに顔を向けた。「何が書いてありましたか」

ジュディスは歯切れが悪かった。「最初の何ページかしか見てないですけど」明らかに逃げ道をつくっている。「誰についても、たいして重大なことは書いてありませんでした――そのせいで誰かが誰かを殺すほど重大なって意味ですけど」

「ならば、どうして」巡査部長の口調は厳しかった。「お嬢さん方の大半が、その日記帳を始末するべきだと思ったんでしょうかね」

ジュディスはますますもじもじした。「それは」ややあって、本来の正直な性格を隠せず、彼女は白状した。「日記は性質(たち)の悪い細々(こまごま)した粗探しが満載だったからです――それ自体はたわいもないんですけど、女の人のあいだでいざこざが起こりそうな」

「ここにいる女性の方々について書いてあったんですね」ウォーターズ巡査部長は質問を続けた。

「男性と女性です」とジュディスは答えたが、これは迂闊(うかつ)だった。

「ほう！」巡査部長はこのひと言に飛びついた。「たとえば、かつてこの倶楽部に所属していたティム・ケントという男性については書いてありましたか」

「ありません」ジュディスはきっぱり否定して、巡査部長を睨み返した。

「それは、どういうことでしょうか」口を挟んだのは、部屋の隅に腰を下ろしていたイングリッシュ先生だった。「ケントさんについて何が書いてあったとおっしゃりたいのでしょうか」

「それはですね」巡査部長は質問の理由を説明し始めた。「ミスター・デーンがあなたと奥さんのいる部屋へコーヒーを持っていったとき、お二人の会話を漏れ聞いたと証言しており、その内容に関係する記載があったのではないかと思いましてね」そして巡査部長は、ウォレンの証言の一部を話した。

イングリッシュ先生は表情を変えず、「デーンさんは誤解しています」と静かな口調で訴えた。「デーンさんが聞いたのは、その前の夜に見つかったというケントさんの遺書について妻がわたしに話してくれていたときではないでしょうか。そのほかには何も……話していませんが」

ああ、かわいそうな男（ひと）！　わたしは先生に同情した。ここまで尽くす価値のない女性の思い出を壊さないために、なんて大胆な嘘をつくんだろう――これが嘘なのは明白だった。

だが、ウォーターズ巡査部長は嘘とは思っていないようだった。今度はウォレンに視線を向けた。

「さて、どうでしょう、ミスター・デーン」鋭い語気だった。「ご自分の証言を変えるおつもりはありませんかね」

その目には新たな疑念が生じていた。

「ありません」ウォレンははっきりと答えた。「イングリッシュ先生を否定するのはつらいですが。先生がどうして今のようなことをおっしゃるのか、お気持ちは理解できる気がしますから。そうだとしても、先生と夫人が僕の証言どおりの会話をしていたのはまちがいない。でなければ、なぜ」彼は皮肉っぽい笑みを浮かべた。「僕はあの夜、あんなふうにこの家を飛び出していったんでしょう」

「おそらく」イングリッシュ先生は冷淡な口調で言った。「君が酒を飲みに行くことにした理由は、巡査部長には理解しづらいかもしれないね」

このとき、「死人の悪口を言う（ギリシアの金言〈De mortuis nil nisi bonum〉〔死人の悪口を言うな〕をもじったもの）」状況が少々度を越しそうな気がしたので、わたしはくちばしを入れることにした。

「ちょっと待ってください」わたしは言った。「巡査部長、もしまたデーンさんに容疑をかけようとしているなら、その前に考えてください。まず、デーンさんが毒をコーヒーに入れてイングリッシュ夫人を殺害するのは不可能だとトリローニーさんが証明してくれました。次に、デーンさんが聞いたと主張しているイングリッシュ夫人の会話を、もし彼が聞いていないなら、イングリッシュ夫人を殺す動機はなんでしょう」

だが、くちばしを入れるや、わたしはそのまま身動きがとれなくなってしまった。

「アリバイはとっくに崩れているんですよ、ミス・パイパー」ウォーターズ巡査部長は言った。「まあ、金で簡単に動きそうな街道沿いの居酒屋の主人から聞いた、裏のとれていない証言に基づいているにすぎませんがね。動機については、ミスター・デーンが誰より強い殺意をもっていたのを、その日記帳が教えてくれるだろうと考えています。そして、もう一点、ミスター・デーンが留置場から出てきた直後に二番目の殺人があったのは、少しばかり奇妙ではありませんか」

わたしが口を開く間もなく、巡査部長はウォレンのほうを向き、「シムズは遺体が発見されるわずか五分ほど前に殺された」と言った。「すなわち、今朝、あなたがここに到着した一〇分後です。そのあいだ、あなたはどこにいたのですか」

「あなたには関係のないことですが」ウォレンは巡査部長に言った。「ですが、知る必要があるならお教えしましょう。僕は庭園の東屋でノートンさんに結婚を申し込んでいました。文句がおありですか」

タトル夫人が歓びに打ち震えているのがわかった。殺人などものともせず、一日が終わる前に、このめでたい出来事を祝う詩が披露されるにちがいなかった。

しかし、ウォーターズ巡査部長は、恋物語くらいでは態度を軟化させなかった。

「それを証明してくれるのはミス・ノートンだけでしょうかね」訝しむような口調だった。

「当たり前でしょ」ジュディスがすぐさま声をあげた。「なんだと思ってるのよ。映画の一場面？」

「まさに大切なことだと思っていますよ」巡査部長は答えた。それは確かだった。

トリローニーは傍観に徹していたが、ここで初めて口を開いた。

「わたしのほうから一つ、二つ質問していいですか、巡査部長」巡査部長がうなずくと、トリローニーはマーガレットのほうを向いた。

「ヘールさん」トリローニーは言った。「土曜日の朝、あなたは、あることについてイングリッシュ夫人に抗議する手紙を、イングリッシュ先生に宛てて書いたと聞いています。これは事実ですか」

「はい、事実です」マーガレットは迷いなく答えた。「でも、あの人は亡くなってしまいましたから、できればイングリッシュ先生には、受け取ったら読まずに破り捨ててもらいたいです」

「まだ受け取っていませんね、先生」トリローニーは訊ねた。

「ええ」イングリッシュ先生は答えた。「わたしが家を出たあとに届いているのでしょう。ですが、妻へのどんな言いがかりが書いてあろうと、ヘールさんの旺盛な想像力以外に根拠のないことでしょうから、安心していいですよ」

「ところで、先生」憤慨して言い返そうとするマーガレットを尻目に、トリローニーは続けた。「奥さんはゼラチン版印刷機の使い方を知っていましたか」

「いえ、知りませんでした」先生はむっとして答えた。「ですが、知っていたとしても、それを利用して悪意ある手紙を友人たちに書くことはありません」

トリローニーはこれで質問は終わりという合図をして、ウォーターズ巡査部長に引き継いだ。その後の事情聴取はアリバイの精査に終始した。わたしの場合を除いて、どのアリバイも証拠に乏しかった。最後には、もうお手上げだとばかりに巡査部長は不機嫌になり、われわれはお役御免となった。そのあと巡査部長は外に出て、車庫へ向かった——新たな手がかりを探すためだったろう。

トリローニーが手招きしたので、ほかのみなが居間を出ていったあとも、わたしはその場に残った。

「教えてほしいんだが、パイパーさん」誰かに聞かれないよう声を潜め、トリローニーは言った。「君は別として、シムズさんが、あの日記帳を持っていたことを話したとすれば誰かな」

「そうねえ、誰かに話したとは思えないな」少し考えて、わたしは答えた。「シムズさんがわたしに話そうとしたんだとすれば、あなたに伝えてほしかったからだと思う」

「ヘールさんには、言うつもりはなかったのかな。そんな日記帳があるのを最初に教えてくれたのは彼女だったのに」トリローニーはなおも訊いてきた。

「ないわ」わたしはきっぱり言った。「それについてだけど、ウォレンの容疑を晴らすためにマーガレットに疑いの目を向けるっていうあなたのやり方はいただけない気がするわね。わたしがイングリッシュ夫人もシムズさんも殺していないように、マーガレットも殺していませんから」

「君、そんなふうに思ったのかい！」トリローニーは思わず大声を出した。そして、それ以上このことには触れず、最初の話題に戻った。

「ということは、もし日記帳を持っていることをシムズさんが誰にも話していないとしたら」彼は続けた。「シムズさんを殺した人物は、残された唯一の方法でそれを知ったにちがいない。つまり、シムズさんが日記帳を持っているところを見たんだ。彼はシムズさんを注意深く待ち伏せし、頭を殴り、日記帳を葬り去るために奪った」

「彼?」わたしは人称代名詞を聞き逃さなかった。「なら、犯人は男でまちがいないのね。まさか……まさかウォレンじゃないわよね」

「違う」トリローニーはそう言ってわたしを安心させたが、答えたのは二つ目の質問だけだった。「ウォレンじゃない。だが、ウォーターズ巡査部長は、またウォレンを疑い始めている。僕らは一刻も早く動きださなければならないよ、ピーター・パイパー。ウォレン君がふたたび逮捕されないようにするならね。ところで、このあたりに、男が一人、誰にも邪魔されずに考えごとに没頭できる場所はないかな」

「アルシーアの書斎が、むかしの燻製小屋の中にあるけど」トリローニーが「僕ら」と言ったのが、嬉しいような誇らしいような気分でわたしは答えた。「外側の扉に〈入室ご遠慮ください〉の札さえ掛けておけば、誰も入ってこない。ここでの厳しい決まりだから」

「それなら、レイバーン夫人が嫌がらないと君が思うなら、午後いっぱい、その部屋を占領させてもらうよ」トリローニーは、よし、決めたとばかりに言った。「この二人の死に誰が関わっているのか、わかったと思う。だが、まちがいないかどうか確かめるために、事件全体を注意深く吟味したい」

その日は夕方になるまで、トリローニーの姿を見るのはそれが最後になった。ただし一回だけ短い時間、彼は書斎の扉のところに出てきて、ちょうど車庫をあとにしようとしていたウォーターズ巡査部長を手招きした。二人は一〇分ほど何やら真剣な顔つきで話していたが、その後、巡査部長は車で去っていった。

しかし、一時間もしないうちに戻ってきて、積んできた大きな箱をいくつか書斎に運んだ。それから、ふたたび車で行ってしまった。

六時に近かっただろうか、トリローニーは書斎から出てくると、わたしの座っていた屋敷の側面のポーチへやってきた。表情を見れば、考察の時間が満足ゆく結果をもたらしたことはすぐにわかった。

「それで」わたしは逸る気持ちを抑えられなかった。「犯人はわかった?」

「ああ」トリローニーは重々しい口調で答えた。「わかった。でも、まだ、ウォーターズ巡査部長に逮捕してもらえるだけの充分な証拠がない。だから、僕らの犯人を捕まえるため、ちょっとした罠をしかけようと思ってる」

「罠?」わたしはその言葉をくり返した。「誰かを引っかけるってこと?」

「まあ、そう言ってもいい」トリローニーはうなずいた。「今朝、君に、屋敷からウォーターズ巡査部長へ電話してもらっているあいだ、僕はイングリッシュ夫人の日記帳の燃え残りを入れた箱を、万が一のことがないようにあの書斎に運んでおいたんだよ。といっても、そのときは、あの小屋がなんなのかわからなかったんだけどね。少し前に巡査部長に村まで行ってもらい、写真撮影の道具一式を調達してきてもらった」

「いよいよ撮影して、あの焼け焦げたページに書かれた文章を浮き上がらせるのね」わたしは声に力を込めた。だが、トリローニーがはっきりしない態度でいるので、わたしは慌ててつけ加えた。「あら、心配しなくても大丈夫。みんなには黙ってるから」

「いや、それとは逆に」彼の答えは意外だった。「黙っていないでほしい。むしろ今夜の夕食の席で、君の仲間全員に知らせてほしいんだ。ごく自然に、僕から頼まれたと疑われないように、でも、まちがいなくやってくれ。何より大切なのは、必ず全員に聞いてもらうことだ」

第一九章　罠にかかった

夕食の時間になり、わたしは、トリローニーさんがイングリッシュ夫人の日記帳の燃え残ったページを写真撮影するつもりなんですと打ち、椅子に深々と腰かけ反応を窺った。

最初の反応は、雪崩のように押し寄せる質問だった。本当にそんなことが可能なのか。撮影によって浮き上がった文字は読めるほど鮮明なのか。彼はそこから何がわかると思っているのか。

「知らない」と、わたしは正直に答えた。「トリローニーさんから聞いたことしかわからないから。作業は夜遅くまではかからないらしい。だから、そのとき本人が答えてくれるんじゃないかな」

マーガレットが椅子の背にもたれ、興奮を抑えられないような顔をした。「燃え残った紙から浮かび上がる文章」彼女は畏怖の念に打たれたようにつぶやいた。「死者からのメッセージといったところね」

ちょうどアリスが食堂に入ってきて、デザートを出しているところだった。マーガレットがそう言ったのを聞いて、アリスはフルーツゼリーの皿をタトル夫人の背中に落としそうになったが、すんでのところで受け止め、幸い、誰にも気づかれずにすんだ。

「それにしても、どうしてここで作業するのかね」テディー・タトルが、すべてわたしの発案であるかのようにこちらを見つめて訊いてきた。「村の写真店で作業したほうが、手間がかからんだろうに」

「申し訳ないけど、その理由も知らないんです」言い過ぎにならないだろうか、それとも、言い足りないだろうかと迷いながら、「でも、確か、絶対必要でないかぎり燃え残りを動かしたくないようなことを言っていたと思います。粉々になるといけないから」と、わたしは答えた。

これで、一同落ち着いたように思えたが、またもやマーガレットが今度は黄色い声を出した。

「でも、それって危険じゃないかしら」彼女は言った。「トリローニーさんの計画を、ピート、あなたが今しゃべっちゃったから、犯人がまずいと思って……で、それで……」

これを聞いて爆発したのはジュディスだった。ジュディスは引っ掻かんばかりの勢いで、マーガレットのほうを向いた。

「ちょっとマーガレット、あんた、ウォレンのことを言ってるなら」ものすごい剣幕だった。「この人の容疑は晴れたのを忘れないでちょうだい。ここに犯人がいるとしても、この人じゃないから」

「あら、そんなこと――」マーガレットが口を開きかけると、ウォレンが短く甲高い笑い声をあげ、遮った。

「もう気にしなくていいよ！」ウォレンは興奮気味に言った。「警察っていうのは誰かを容疑者にしなければならないんだよ、ジュディ。僕なら大丈夫。それにさ、僕ほど強い殺意をもっていた人間はほかにいないだろ？」

「犯人を教えてあげる」ジュディスが食卓を挟んでマーガレットをぎろりと睨んだ。「あの女は自分で死んだの。みんな、わかってるでしょ。それに――」

「どうか」静かに口を挟んだのはイングリッシュ先生だった。「聴いていただけませんか」

この緊迫した場面に、みな、イングリッシュ先生も同席しているのをすっかり忘れていたにちがいない。われわれは気まずい思いで、先生に顔を向けた。

「もしこの中にいるなら、いったいどなたが、わたしの妻の死に関わったのか知りませんが」イングリッシュ先生は適切な言葉を見つけるのに手間取っているように、ゆっくりとしゃべり始めた。「本音を言えば、それを知りたくない。あなた方の誰かが、何かの思い違いで、妻の命を奪わざるをえないと感じたのならば、その罪はご本人の良心によって罰せられれば、それでいいと思っています」

イングリッシュ先生は誠実そうな青い瞳を一人ひとりの顔に向け、「理解しがたく思われるかもしれませんが」と続けた。「わたしの立場で考えてみてください。復讐したところでマーガリートは戻ってきません。一方で、公判になれば、人前で誰かしらが貶(けな)されたり屈辱を味わったりするなかで妻の名が引っぱり出される。ゴシップ好きの新聞記者も無責任に事件を広めて回るでしょう。それは望みません。

もちろん、二人目の犠牲者が出た今となっては、わたしがこの件をあれこれ言うつもりはありませんが。ですが、犯人が逮捕されるまでは、もし逮捕されるならですが、できるだけ話題にしないでいただきたい」

そして、質問やら意見やらがわれわれから飛んでくるのを待たずに、イングリッシュ先生は椅子を後ろへ押しやると、控えめに、しかし、威厳を保って食堂から出ていった。

ほかの男性が同じことをしたなら、ふるまいの一部始終が芝居がかって、白々しく見えただろう。しかし、イングリッシュ先生の場合は、そのどちらにも見えなかった。それでも、われわれは騙されなかった。妻を殺した犯人が裁判にかけられるのを望まない本当の理由は、そうなればマーガリート・イングリッシュの真実が暴かれるからだろう。そして、イングリッシュ先生はその真実を突きつけられたくない。自らが創りあげた偽りのマーガリートの思い出を抱き続けたいのである。心の底では偽りとわかっていたとしても。人間の性をめぐっては、ときに、こうした不可思議な悲喜劇が生まれる。

このあと、みな口数が少なくなって、夕食がすむなり思い思いの方向へと散っていった。イングリッシュ先生からの一風変わったお願いを聞き入れるには、互いに離れているしか方法がないとでもいうように、それぞれが避け合っているかに見えた。ウォレンとジュディスだけは二人並んでそぞろ歩きしていたが、きっと事件とは関係のない会話をしていたのだろう。

わたしはおもしろい読み物でもないかと居間へ行こうとしたが、ふと、トリローニーの試みを聞いてみながどう反応したか彼が知りたいかもしれないと思い、行く先をアルシーアの書斎に変えた。

すでに夜の帳が降りつつあったが、小屋に一つだけある窓に下ろされた日よけの向こうからは、光は漏れていなかった。本当に中にいるのだろうかとわたしは思い始めた。しかし、外側の扉を開け、小さな入り口の間に踏み入るや、いつものパイプのうちの一本の、ほのかな香りとは言いがたい臭気が奥の部屋から漂ってきた。

「トリローニーさん」わたしは呼んでみた。「ピーター・パイパーです。入っていい？」

即座に内側の扉が開き、長身痩軀の影が、背にした窓から入る微かな明るさを受けて開き口に浮かんだ。

「もちろんだよ、パイパーさん」入り口の間に未開封のまま置いてあった撮影道具一式の箱にぶつからないよう、トリローニーはわたしの手を引いた。「暗闇の中に座ってもらうことになるけど大丈夫？」

「あなたと一緒なら大丈夫」と答えるなり、しまった、おかしなことを言ったと思ったわたしは、「要するに」と大慌てで弁明した。「闇夜の中を歩く（旧約聖書「詩編」第九一章第六節参照）どんな魔物も、あなたなら退治できると確信しているということ」

トリローニーは無言だったが、ふたたび口を開いたとき、やけに砕けた調子になっていたので、密かに笑っていたのはまちがいない。

「お屋敷はどんな様子かい」彼はアルシーアの古びた絨毯地の揺り椅子をわたしのほうに押しやりながら訊いた。

「夕食の席は、あわや乱闘になるところだった」とわたしは答え、どんなやりとりがあったのかを話した。

トリローニーはしばらく黙っていたが、そのあと、こう訊いてきた。

「僕が日記帳に何をしようとしているか伝えたときの反応は？」

「もちろん、みんな興味津々」と、わたしは答えた。「タトルさんが、どうして村の写真屋じゃなくて、ここで作業するのか知りたがってた。移動させたらページが粉々になる危険があるからって答えておいたけど。それで、本当の理由は？」

闇の中でトリローニーがくすくす笑うのが聞こえ、「ということは、タトル氏以外にもおかしいと思ってる人間がいるってことだね」と皮肉っぽく言った。「それなら、君には先に伝えておこう、ピーター・パイパー。いずれ、何らかのかたちで話さなければならないだろうからね。写真撮影してあのページから文章を浮かび上がらせるつもりはない。特別な設備の研究所でもないかぎり、そんなことは不可能だ。いや、研究所でも無理かもしれない。だが、僕がその作業をしていると犯人に思わせたいんだ」

「つまり」わたしはピンと来て、思わず声をあげた。「それが罠——犯人をここにおびき寄せて、化けの皮を剝ごうってわけね」

「君のその口調、僕の親友テンプルトン君とそっくりだな」そんな感想をトリローニーは言った。「そのとおり。まったくお粗末な罠だけどね。それでも、うっかり者の殺し屋さんがここに足を踏み入れてくれるのを期待してるんだが」

「でも、そんなの危険じゃないの！」賛成できるわけがなかった。「あの日記帳に何が書いてあるかあなたが知ったと思えば、犯人はあなたを殺そうとするに決まってる」

「それを期待してるんだ」と、トリローニーは答えた。「まんまとやりおおせないのも期待してるけどね。そういうわけで、パイパーさん、とんでもないおもてなしをすることになるといけないから、どうか屋敷に戻ってほしい。僕の待ちわびているお客さんが来るとしたら、いつ来てもおかしくない」

「派手な取っ組み合いが始まったら、鈍臭い女は足手まといってわけね」と言って、わたしは未練たっぷりに立ち上がった。「そうね、あなたの言うとおり。でも、わたしもここにいて手に汗握る瞬間をこの目で見たかったなあ」

「世間で言う、か弱き女性にしては、君はまちがいなく勇ましいよ」トリローニーは、わたしのために内側の扉を開けた。「だが、悪いが、もう行ったほうがいい。取っ組み合いは少々厄介になるかもしれない」

小さな入り口の間に積まれた箱にぶつからないよう、またもやトリローニーに手を引かれ、わたしは外側の扉まで出てきた。が、ここで歩みを止めた。

「なんだか、しっくりしない」わたしは、ためらいながら言った。「だって、この事件にあなたを引っぱり込んだのはわたしなのに、あなたが頭を殴られでもしたら、多かれ少なかれ責任を感じる」

深まる闇の中でトリローニーはにやりとしながら、わたしを見下ろした。「覚えておいて」これまでも、話を本筋から逸らそうとするとき一、二度気づいたのだが、わずかなアイルランド訛りで彼は言った。「頭を殴られてケガするよなんて、アイルランド人に忠告するもんじゃない。僕は――」と、突然、彼の態度が変わり、制止するようにわたしの腕に手を置いた。「いや、もう一度、中に戻ったほうがよさそうだ」彼は声を殺して言うと、自分の背中の後ろにわたしを引き入れた。

「今度はどうしたの」わけがわからず、わたしは訊いた。「気が変わって、居させてくれることにしたの？」

「教えてほしいんだが、パイパーさん」その声は真剣そのものに変わっていた。「君がここへ来たのを誰か知ってるかい」

「知らないと思うけど」わたしは答えた。「あ、待って。マーガレット・ヘールは知ってるかも。わたしが外へ出てきたとき、屋敷の横側のポーチにいたから。どうして？」

「誰かが」彼は答えた。「君のあとをつけてきた。そして、君が出てくるのを待ってる。ここと屋敷のあいだにあるジュニパーの大木の陰にいる」

「ということは」わたしは言った。「わたしが出ていったら、日記帳を奪いに来るつもりね」

「おそらく」トリローニーは答えた。「だが、別の可能性もある。もし僕がすでにあの燃え残りのページに書かれた文章を解読していくて何かしらを君に話したと思っているとしたら、その人物はきっと

――うん、いずれにせよ、おそらく君はここにいたほうがいい」

何を言いたいかは、火を見るよりも明らかだった。背中で脊髄が縮み上がり、脳みその下で塊になるのを感じた。

「わ、わかった」とわたしは応じたが、その声は自分のものに聞こえなかった。

「怖いかい」二人で内側の扉を抜けて部屋に戻ると、トリローニーは訊いた。

「いいえと言っても、信じないでしょ」わたしは揺り椅子にぐったりと体を沈めた。「自分でも信じない」

「面倒に巻き込んですまない」と、トリローニーは言った。そもそもわたしがここに来たのが余計だったと言わないでくれて、ありがたかった。「だが、どう転がったとしても、長引きはしない。少しのあいだ歯を食いしばっていてくれ」

顔のほうはとっくにカチカチだけど背中のほうはふにゃふにゃだと言いたくてたまらなかった。だが、そんなことは言わずに、「外にいる人の正体はわかってるの?」と訊いた。

「ああ」トリローニーは答えた。「たぶん」

彼が書き物用のテーブルまで行くと、ごそごそと手探りする音が聞こえてきた。

「暗室ランプを点けるよ」彼は肩越しに言った。「僕がまだ作業中だと思わせよう」

「でも、その男にあなたの姿が見えてしまう」赤いフィルターの小さな電池式ランプが深紅の光を放った瞬間、わたしは言った。「いたずらに危険を冒すことにならない?」

「いや、むしろ」トリローニーは答えた。「このほうが安全だろう。僕がまだ現像を終えていないと考えてくれれば、日記帳と、僕が撮ったと思っているフィルムさえ始末すればそれで満足してくれるかもしれない。さらなる戦利品として頭の皮を剝ぎとって腰のベルトにぶら下げる必要はない、とね」

トリローニーはテーブルの端に置いてあったパイプに手を伸ばし、かと思うと、その手を止め、ポケットから銀の容器を取り出して紙巻きタバコを一本わたしに差し出した。わたしのためにマッチを握る手がまったく震えていなかったのは、みごとだった。わたしの唇に挟まれた紙巻きタバコはジャンピング・ビーン（メキシコの低木の種子で、中に入っている蛾の幼虫が動くことでぴょんぴょん跳ねるように動く）のように上下していた。

「どんちゃん騒ぎが荒れてきたら」トリローニーは同じマッチで、すでに消えていた自分のパイプに火を点けた。「おそらく、君はソファーベッドの下に潜り込んだほうがいいだろう。その下なら、どんなミサイルが飛んできても、まず安全だ」

「ベッドの下に隠れるのが、わたしの得意芸だと思ってるみたいね」内心とは裏腹に、ふざけた調子でわたしは返した。同時に、「飛んでくるミサイル」とは銃弾かもしれないと思わないようにした。

トリローニーは答えなかった。突如、彼の動きに張りつめたものを感じ、わたしは恐る恐る目を上げた。

「絶対に動くな」トリローニーは聞きとれないほど低い声で囁（ささや）いた。「今から、しゃべるのは僕だけだ。すぐ外で誰かが動き回ってる」

心臓が口から飛び出して反対側の壁にぺちゃりとぶつからないよう、わたしは歯をしっかり食いしばった。わたしの耳には人の動く音は聞こえなかったが、誰かがいるという彼の言葉をとにかく信じた。

「あとはこのネガが乾くのを待つだけだ、パイパーさん」トリローニーは続けて、今度は至って普通の調子でしゃべり始めた。冷血の殺人鬼が外に潜んでいるとは思えない口調だった。「次に、こいつを印画紙に焼きつけて、さて何が出てくるかお楽しみ。もちろん、何も出てこない可能性もある。この特別な赤外線フィルムを以てしてもね、でも――」

そのとき、事態が動いた。トリローニーの背後の、開け放されていた窓から声がした。

「両手を上げなさい、トリローニー」声は命じた。みごとに声音をつくっていたので、男なのか女なのかさえ聞き分けられなかった。「ピーター、あなたも。そして、背中を窓に向けて彼の横に立ちなさい」

トリローニーは両手を肩の高さに上げ、わたしにも同じようにするよう、うなずいた。だが、わたしが立ち上がって二番目に発せられた命令に従おうとしたとき、トリローニーがテーブルの前面に沿って横に移動し、わたしの隣に並ぶのではなく、わたしと窓のあいだに立った。

「やめなさい」わたしたちの背後の声はにわかに警戒して、鋭い調子で言った。「あなたがピーターを隠しているあいだに、彼女を扉に向かって走り出させるのは許しませんよ」

「ピーターは扉に向かって走り出したりしない」トリローニーはぴくりとも動かずに言い返した。「その代わり、わたしを命令に従わせるために、彼女に銃を向け続けるのはやめてくれませんか」

「いいでしょう」わずかに迷ったあと、声は同意した。「ただし、二人ともいっさい動いてはならない。最初に動いたほうを直ちに撃ちます」

そのあと、人が窓をよじ登っているらしい音がして、ふたたび声がした。今度はわたしたちのいる部屋の中からだった。

「さあ」声は言った。「日記帳の燃え残りと、それを撮影したネガを渡してもらいましょう。どこにあるのか言いなさい」

トリローニーは答えなかった。

「時間稼ぎをしているなら」声は言った。「そうした考えは今すぐ捨てたほうがいいですよ。外でこの小屋の裏にウォーターズ巡査部長が隠れているのを見つけましたが、こちらに気づく前に適切に対処しておきました。彼が援護に来たとしても、そのときはすでに手遅れでしょう」

わたしはがっくりきた。助けの手がすぐそこにあったのは知らなかったが、これを聞いて、トリローニーの企ての少なくとも一端が崩れたのを悟ったからだ。とはいえ、この窮地にあっては、企てはすべて失敗に思えてきた。

だがトリローニーは、この知らせに心を乱していたとしても、そんな素ぶりはおくびにも出さず、こう言った。

「よろしい」哲学者のような口ぶりだった。「現時点ではあなたのほうが優位に立っているので、わたしとしてはあなたと折り合いをつけたい。日記帳のある場所を教えるのと引き換えに、ピーターを解放すると約束してください」

「あなたは、折り合いをつける立場にありませんよ」声は言った。このときわたしは、その声にどことなく聞き覚えを感じたが、名前と結びつけるまでには至らなかった。「日記帳とフィルムのある場所を先に言いなさい。そして、日記の内容をピーターが知らないことをわたしが充分に納得できたならば、彼女は行っていい」

「そんなのずるい」わたしは抗議した。「トリローニーさんはどうなるの」

「僕はどうでもいい」トリローニーが遮った。「自分の身は自分で守る。それに、このお客さんが言うように、こちらは折り合いをつける立場にない」そのあと、彼は声に向かって、「日記帳、というか、燃え残りは、そのテーブルの引き出しに入っている。フィルムと感光板は入り口の間だ」と言った。

最後のひと言が、文字どおりの意味で嘘でないのはわたしもわかっていた。未露出の感光板の入った箱が入り口の間にある。しかし、この人殺しが指しているのはそれではない。そのとき、わたしは新たな希望の光を見た気がした。トリローニーは何かしらの作戦を進めているにちがいない。

わたしたちの背後で、テーブルの引き出しを開ける音がした。そして、ふたたび声がした。

「ピーター、手を貸してほしい」と、声は言った。「入り口の間に行って、感光板を取って、ここに持ってきなさい。これに乗じて逃げ出そうなどとは考えないほうがいいですよ。そのようなことをしようとすればミスター・トリローニーを撃たざるをえなくなります」

「でも、どこにあるのか知らないから」わたしは歯向かった。「きっと見つけられない」

「左側だ、壁に向かって」トリローニーがわたしに言った。「すぐに見つかる。言われたとおりにするんだ」そのあと、わずかに声を落として、だが、背後の人物に聞こえないというほどではなく、こうつけ加えた。「僕らには、ほかに助かる道はない」

トリローニーはわたしの両肩に両手を置き、前方に促した。と、勢いよく、激しく、わたしを突き飛ばした。わたしは投げ出されてバランスを崩し、床に大の字に倒れた。同時に、彼が何かを後ろ蹴りするのが聞こえた。

テーブルがガタンと大きな音を立て、その瞬間、銃声が轟いた。

写真現像用の小さなランプがひっくり返り、完全な暗闇となった中で、わずかな時間だが激しいつかみ合いがあった。やがて、凄まじいパンチが一発、みごとに決まる音が聞こえた。数秒後、懐中電灯の白い光線がさっと長く伸び、その上にトリローニーの赤毛の頭がぼんやり浮かび上がった。

「もう大丈夫だ」彼はわたしを呼んだ。「さあ、ベッドの下から出てきていいよ」

こんなところに伏せていたとは、自分でも驚きだった。

わたしは這い出てくると、よろよろと立ち上がり、彼のもとへ近づいた。

「誰……?」わたしは口を開いた。

懐中電灯の光の輪の中から、生気なく、定まらない焦点でこちらを見上げている白い顔を、わたしの目は認めた。

「あ!」思わず声をあげた。この夜二回目、自分の声が耳の中で他人の声に聞こえた。「イングリッシュ先生!」

第二〇章　真相

ここから一時間ほどは上を下への大騒ぎだった。銃声を聞きつけ、男も女もみな屋敷から走り出てきた。

書斎の床になおも意識なく倒れていたイングリッシュ先生を見て、三度目の殺人だと誰もがまず思った。だが、トリローニーとわたしで一〇分ほどかけて、事の成り行きを納得させると、状況を飲み込んだところでタトル夫人とアルシーアが気絶した。

あの手この手で二人の目を覚まさせようとしているあいだ、ウォレンとトリローニーが書斎からさほど離れていない茂みの裏に倒れていたウォーターズ巡査部長を発見した。後頭部に一撃喰らって意識を失っていたが、幸い、そこまで強い力ではなかったらしく一時的な脳震盪のようだった。実際、見つかったときはすでに目を覚ましつつあった。

そのころには、イングリッシュ先生も意識を取り戻し、ソファーベッドの角に腰を下ろして体を丸めていた。頭を胸まで垂らし、両腕はだらりと脇に落として、すっかり元気のなくなった姿を見ると、この人が殺人を犯したとはとても思えなかった——現実に、ほんの数分前まで、わたしの命を脅かしていたなんて。

巡査部長が両足を踏んばり、戸口に現れた。頭を殴られたせいでまだ少しふらふらしていたが、やがて部屋の中へ入ってきた。

「ハリー・イングリッシュ」ソノファーベッドの上の男に呼びかけた。「セオフィラス・シムズ、および妻であるマーガリート・イングリッシュ殺害の容疑で逮捕する」

イングリッシュ先生はゆっくりと視線を上げた。茫然自失の表情だったが、巡査部長の言葉をじわじわと理解し始めると、その顔は怯えに変わった。

「違う！」イングリッシュ先生は否定した。「それは違います！　シムズさんは殺した。確かに殺しました。でも、マーガリートは違う――妻は殺していない！　あれは事故だった」

「それについては、満足いくまで陪審員を納得させてください」巡査部長は信じていない口ぶりだった。「あなたがあのカフェインを奥さんのコーヒーに入れたんですね。白状したらどうですか」

イングリッシュ先生は答えなかった。しかし、目の前に半円形で並んでいる顔に視線を走らせ、無言で訴えた。

「待ってください」巡査部長が質問をくり返そうとすると、トリローニーが言った。「先生は真実を言っています。奥さんが死んだのは事故でした。僕に説明させてください」

イングリッシュ先生は、目を丸くしてトリローニーを見遣った。「知っていたと？」まさかといった口調で問いかけた。

「ええ」トリローニーは答えた。「知っていましたよ」彼はテーブルの角に腰を下ろすと、片足をぶらぶら揺らしながら話を続けた。

「土曜日の朝、あなたはウォレン・デーン君から電話を受け、二年前にティム・ケントの病について誰と話したのかと問われたとき、最初はなんのことかわからなかった。そうするうちに、患者について誰かと話すとすれば妻しかありえないと思い至った。

もちろん、ウォレン君の話だけを聞いて、ケント氏に余命の話をしたのが妻だとは必ずしも言いきれなかった。それでも、疑念は拭えなかった。そこで、最初に予定していた次の日の朝ではなく、その日の夜にここまで車を走らせた。疑念を裏づけるため、あるいは、拭い去るために。

あなたが雨でびしょ濡れになった靴をはき替えるという口実で奥さんをみんなのもとから連れ出したあとの夫婦の会話の詳細は、推測するしかありません。ですが、ある種の口論になったのはわかります。そうして、あなたは激しく動揺した——パイパーさんが奥さんのゴミ箱から見つけた、半分までしか吸っていない幾本ものタバコがそれを物語っています。最終的に奥さんは、あなたが疑ったとおりのことをケント氏に話していただけでなく、ヘールさんについて下卑た手紙を書いたことまで白状した。奥さんはこの悪さがもはやばれてしまっているのを知っていたので、あなたがここまでやってきたのは手紙の件だろうと思い、うっかり白状してしまったのではないでしょうか」

「どうして……どうして、それがわかったのでしょう」イングリッシュ先生は言葉を挟み、信じられないといった当惑のまなざしをトリローニーに向けた。

「それはですね」トリローニーは答えた。「今日の午後、僕が奥さんはゼラチン版印刷機の使い方を知っていましたかと訊ねたとき、あなたは知らなかったと答え、たとえ知っていたとしてもそれを利用して友人宛てに中傷の手紙を書いたりしないと言った。しかし、その時点で、そうした手紙の話題はまったく出てきていなかった。ヘールさんの送った手紙は受け取っていないとあなたが言ったのは嘘でないとわかりました。手紙はそんなに速く届きませんからね。つまり、中傷の手紙のことを知るとすればイングリッシュ夫人本人から聞く以外にありえなかった。

土曜日の夜に話を戻しましょう。ティム・ケントが命を絶ったことをめぐってあなたと奥さんがなおも言い争っているとき、外の廊下で人の気配がしたので、あなたは扉まで行って誰なのか確かめようとした――二人の会話が立ち聞きされたのではないかとびくびくしていたにちがいない。しかし、扉を開けてみると廊下には誰もいなかった。が、そこの小さなテーブルにコーヒー一式を載せた盆が置いてあったので、あなたはほとんど意識せず、即座に盆を取り上げ部屋の中に持ち込んだ。

すでに言ったとおり、僕には、あなたたち夫婦のやりとりを正確に知る術はありません。しかし、あなたは奥さんをひどく怒らせる、あるいはひどく怯えさせることを言った、もしくは、態度で示したのではありませんか。そういうわけで奥さんはそれぞれのカップにコーヒーを注ぐのに紛れて、執筆のとき頭を刺激するために常用していたカフェイン錠を一箱全部、あなたのカップに空けた。

あなたはカップを手に取り、一口コーヒーをすすると、薬の苦味を感じた。しかし、その時点でさえ、ほかでもない自分の妻が故意に毒を盛るとは信じたくなかった。だから、奥さんを問いたださなかった。そうしておけばよかったんですけどね。そして、コーヒーは捨てて黙っていようと思った。だが、どこに捨てればいいのか。それが次の問題だった。嵐のせいで窓は閉めてあったので、窓から捨てれば奥さんに気づかれてしまう。頭に浮かんだ方法は一つ――奥さんがほかのことに気をとられているすきにコーヒーをポットに戻すことだった。そして、あなたはそれを実行した」

イングリッシュ先生は両手で顔を覆い、「ああ、まさにそのとおりです！」と認めた。「だが、あのコーヒーをまた妻が飲むとは思いも寄らなかったし、飲もうとしたときわたしがその場におらず止めることができないとも思わなかった。こんなことになると少しでも予想できたなら、自分で飲んでいた」

「そのあとのことは」とトリローニーは続けたが、このときわたしは、彼が目の前にいる悲劇の男に申し訳なさそうな表情を見せた気がした。「運命の悪戯としか言いようがありません。あの夜、あなたとレイバーンさんが僕とともにこの家を出ていったあと、イングリッシュ夫人は午前中に悩まされた頭痛がぶり返すのを感じた。そこで、もしかしたらよくなるかもしれないと、もう一杯コーヒーを飲むことにした。飲んだときに苦味に気づいたとしたら、コーヒーが冷めてしまって風味がなくなったせいだと思ったのではないでしょうか。

ところが、頭痛はよくなるどころか急激にひどくなった。そして、あなたとレイバーンさんが戻ってきたときのためにコーヒーを淹れておくと言ってレイバーン夫人が階段を下りていったのを思い出し、彼女も一階に行ってコーヒーをもらうことにした。

そのころには、カフェインの影響が体に現れ始めていた。彼女は原因にまったく気づかないまま、目が回るし耳鳴りもするとぼやいた。原因は最後まで知らなかったかもしれない。だが、寝室に戻るころには、これはただの頭痛でなく何かもっと深刻な状態ではないかと疑い始めていたにちがいない。そうして、自分は死ぬのかもしれないと思ったのではないだろうか。最後の力を振り絞って、隠してあった日記帳を取りに行った」

「自分で隠したのね！」わたしは思わず声をあげた。

「そうだ」トリローニーはうなずいた。「彼女は、ヘールさんについての例の中傷の手紙の下書きをノートンさんが見つけたのを知っていた。そして、君とノートンさんが日記帳も持ってくればよかったと話しているのも盗み聞きしていた。そこで、日記帳も持ち出されてしまうのを恐れ、隠そうと決めた。土曜日の午前中、君たちが朝食に集まっているあいだに目的を果たしたのではないだろうか。

だが、この夜、最後の意思表示——おそらく君たちがいろいろと彼女につらく当たることへの復讐の意思表示として、彼女は、日記帳を見つけてもらって、内容を全員の目に曝してやろうと考えた。そうして、日曜日の午前二時を少し過ぎたころ、日記帳を隠し場所に取りに行った」

「じゃあ、ピートとあたしが廊下で聞いたのは彼女の足音だったんですね」ジュディスが言った。

「そうだ」トリローニーは言った。「だが、実行に移すのが遅すぎたようだ。彼女に残された時間は、緑色の部屋にたどり着き、持ってきたランプを置くまでで、このとき彼女はカフェインによって事切れた。

そのあとのことは、みなさん、ご存じなので省略します。では次に、シムズ氏死亡の件に移りますが、ここからはご自身でお話しになりますか、イングリッシュ先生」

先生は覆っていた手から顔を上げた。その目は憔悴しきっていた。それでも、真実が明らかになって胸を撫でおろしているような、安堵の表情も見てとれた。

「わたしからすれば」イングリッシュ先生は言った。「シムズさんの死も故意ではなかったと言ってもおそらく信じていただけないでしょうね。マーガリートの日記のことを初めて聞いたのはシムズさんからでした。昨晩、二人で寝室へ行ったあとです。わたしはベッドに横たわり、長い時間そのことを考え、妻がそれを隠すとしたらいったいどこだろうと頭を悩ませた。トリローニーさん、わたしもあなたと同様、それをどこかへ持っていったとすれば妻自身にちがいないと思ったのです。

真夜中になり、シムズさんが起き上がって部屋を出ていくのが聞こえました。いったいどこへ行ったのか見当もつかなかった。すると、ピーターを見つけたシムズさんの叫び声がした。そのとき、日記帳を見たのです。そして、ほかの人たちの目を盗んでシムズさんが持ち出すところも。

そうして、寝室で二人きりになったとき、わたしはシムズさんに日記帳を返してほしいと言った。しかし、シムズさんは拒み、あなたに渡すつもりだと言いました。それにはあえて反論しなかった。あなたなら内容を暴露するようなことはしないだろうと信じていましたから。加えて、ウォレン・デーン君のマーガリート殺害の容疑を晴らすために、遅かれ早かれ真実を話さなければならないと思い始めていたところでした。それでも、日記の中の秘密が、生きていたときのマーガリートを敵視してはばからなかった人たちの周知の事実になるのだけは我慢ならなかった。

そして、今朝、シムズさんがピーターに日記帳を見せているところを目撃した。これがわたしを決意させた。彼から日記帳を取り返さなければ、と。わたしは庭を横切ってシムズさんを追いかけ、車庫の裏で捕まえました。

最初は、返してもらえないかと頭を下げた。次に、金との引き換えをもちかけた。しかし、どちらにも、首を縦に振ってもらえず、捨て鉢になったわたしは荒々しい態度で脅すという手段に出てしまった。それがまちがいでした。シムズさんはひどく興奮し、ひと言放ったんです。奥さんを殺したのはあなたでしょ、と。事実を知らなければ誰もがそう思っていたかもしれませんね。

ここで我慢が限界を超えてしまった。それ以上自分を抑えきれなくなり、わたしはシムズさんを殴った。シムズさんはよろよろと後ろにひっくり返って、車庫の土台の石に頭を強くぶつけたんです。わたしが屈んで確かめたときには、もう息はなかった。

自分のしてしまったことが恐ろしくなったと言うつもりはありません。なにしろ、そこに至る二四時間にあまりにいろいろありすぎて、もはや何も感じなくなっていましたから。ただ、その瞬間、自分を守るにはこの小さなシムズさんに潜んでいてもらうしかないと気づいた。そこで、わたしは彼の体を車庫の中まで引きずっていき、ひとまず発見を遅らせ、そして日記帳を、中の文章もろとも燃やしたのです。

けれども、ようやく燃え始めたとき、屋敷の裏口の扉がばたんと閉まるのが聞こえ、わたしは半分だけ燃えた日記帳を残して立ち去らねばならなくなった。そのあとのことは、ご存じのとおりです」

イングリッシュ先生は話し終えると、ふたたび顔を両手で覆った。しばしの静寂のあと、ウォーターズ巡査部長が口を開いた。

「今の話は速記しておきました、ドクター・イングリッシュ」それまでの喧嘩腰の態度は、もう声に表れていなかった。「ここに簡単に署名をしてくれますか。正式な調書への署名はのちほどお願いします」

イングリッシュ先生はうなずき、ウォーターズ巡査部長が差し出したペンを、目も向けずにただ手で探った。

「それにしても、日記帳には何が書いてあったんでしょう」巡査部長が容疑者とともに行ってしまうと、アルシーアが抑えきれない様子で言った。「人を殺してまで知られたくなかったなんて、いったいどんなことかしら」

「シムズさんを殺した理由は日記帳じゃありませんよ」トリローニーは、アルシーアがそう言ったのを正した。「まったく予期しない出来事だったという先生の主張は本当だと思います。ですが、パイパーさんと僕を……ええ、ずいぶんと手荒に扱うところだったのは、ほかならぬ日記が理由でした。

人間は、一度殺しに手を染めると、あとは破れかぶれになってしまうものです」

トリローニーはいつものパイプに手を伸ばしながら、「ウォーターズ巡査部長に連れていかれる前に、彼と二人だけで話したんですが」と続けた。「日記に何が書かれていたのか少しだけ話してくれました。おおかた僕の予想していたとおりでした。もっとひどい内容ではありましたがね。イングリッシュ夫人が書きつけていたことをある程度読めば、異常心理学の心得が少しでもある人なら、彼女が急速に悪化する精神の病に侵されていたのはわかったはずです。それが、何がなんでも隠しとおすと決めたイングリッシュ先生の秘密でした」

「予想していたと言ったけど」わたしは訊ねた。「どうやって?」

「ほとんどは君が話してくれた内容からだよ、ピーター・パイパー」わたしが驚いた顔をしたので、トリローニーはいたずらっぽくにやりとした。「イングリッシュ夫人は頭がおかしいとノートンさんが言ってるし君もそう思うと言っていたじゃないか。君の話す彼女のふるまいを聞くうちに、僕もそう思い始めた。正常な人間は君が話してくれたようなことを――そう、簡単に言えば、おもしろ半分でやったりしない。精神の安定を崩しているという結論は避けられなかった。だが、誰の目にも明らかなのに、イングリッシュ先生がそんなことはありえないといった態度を貫いていたので君たちは惑わされたんだ。

しかし当然ながら、それも貫き通せなくなってきたにちがいない。なんといっても彼は医者だ。妻を盲目的に愛する夫だとしても、病状には気づいていたはずだ。だが、自分からはそれを口にしないだけでなく、それをにおわす君たちの発言もすべて否定し続けた。言うなれば、これが事件全体の心理学的観点の要だった」

「あなたは」ジョージが怪訝そうな顔をした。「それだけを頼りに事件の全容を解明したと言うんですか」

「それだけではないです」トリローニーは正直に言った。「ですが、これは非常に単純な事件で、最初から解決方法は明白でした。きのう、みなさんから数分ほど話を伺いました。イングリッシュ先生も言っていたように、全員がイングリッシュ夫人に敵意を抱いているのはすぐにわかりました。もしこの中に彼女を殺害した犯人がいたとしたら、あそこまで悪感情をあからさまにしないのではないでしょうか。そこから推測すれば、どう考えても、あなた方は全員シロでしょう。つまり、このミステリのカギを握るのは、ここに到着してから何につけても不自然な態度を一人でとり続けていたイングリッシュ先生にちがいない。

ですが、イングリッシュ夫人がどのように死に至ったのか、実際に教えてくれたのは二つのコーヒーカップでした。憶えていますか？　カフェインが片方のカップだけでなく両方の澱（おり）から検出されたでしょう。これは、イングリッシュ先生がコーヒーを飲んでいないのを意味します。飲んでいたら、彼も命を落としていたはずですからね。飲まなかったとしたら、なぜ飲まなかったのか。答えは簡単。先生はカフェインが入っているのをわかっていたにちがいない。

次に生じた疑問は、ならば先生が奥さんを毒殺するためにカフェインを入れたのだろうか。これも答えは簡単。ノーです。もしそうなら、奥さんのカップだけにカフェインを入れればいい。残る選択肢は、奥さんのほうが夫を毒殺しようとした、となる。実際に、その事実に気づき、奥さんの精神状態を察した先生は、自分のカップの中のコーヒーを捨てて黙っていることにした。しかし、捨てる場所に困り、それをコーヒーポットに戻したにちがいない。イングリッシュ夫人があとから二杯目を飲むとは夢にも思わずに」

「そんなふうにして二杯目のカップにカフェインが入ったのね！」わたしは合点がいった。

「そうだ」とトリローニーは言ってから、おどけた調子でつけ加えた。「だから、今朝、検死陪審では偶発事故による死と評決が下るかもしれないと言ったとき、僕はでたらめを言ったわけでも、犯罪を揉み消そうとしたわけでもない。君は半分そう思っていたようだがね」

そう言われ、わたしは後ろめたくなって顔が火照った。「いえ、そんなこと——」わたしが口を開きかけると、トリローニーはそれを遮った。

「気にしなくていいよ」彼は言った。「誰だってそう思うさ」それからにやりとして、こうつけ加えた。「でも、髪型と服装を見て勘違いする程度の男だからと思ってもらっちゃ、困るな」

初めて会ったときのことを言っているのだと気づき、わたしもにやりと返した。すると、アルシーアがこちらに向いて妙な顔をした。トリローニーがそう言ったのを聞いて、何を思ったのだろうか。だが、次のひと言で、アルシーアのそんな顔の理由がわかった。

「ピート！」彼女は絶叫した。「その片方の目、見てごらんなさいよ！」

「あら」わたしは答えた。「自分で自分の目を見るなんて無理。でも、どんな目をしてるか想像はつく。エンパイア・ステート・ビルが目の中に飛び込んだみたいな感じがするもの」

トリローニーがいきなり申し訳なさそうな顔になって、「ああ、なんてことだ！」と叫んだ。「僕のせいだね、裏の小屋で君を突き飛ばしたときの。でも、イングリッシュ先生が銃を撃ったとき君に当たらないようにするには、あれよりほかに方法がなかったんだ」

「気にしないで」わたしは軽い調子で返した。「命が危ないってときに、こんなのたいしたことじゃない。でも」わたしはつけ加えないわけにはいかなかった。「命を助けるためとはいえ、淑女(レディー)の目に青あざをつくるなんて、あなたの人生で初めてでしょ」

訳者あとがき

本書はアメリア・レイノルズ・ロング（一九〇四～一九七八。米国ペンシルバニア州生まれ。一九〇三年生まれの資料もある）が一九四〇年に発表した *The Corpse at the Quill Club* の全訳です。

The Corpse at the Quill Club (1940,Phoenix Press)

The Corpse at the Quill Club (1945,Grafton Publications)

ロングの作品については、これまで論創社より『誰もがポオを読んでいた』（論創海外ミステリ一八六）と『死者はふたたび』（論創海外ミステリ一九四）が出版されています。

本作品は『誰もがポオを読んでいた』と同様、エドワード・トリローニーとキャサリン・パイパーのコンビが事件を解決するシリーズの第一作となり、二人は本作品中で初めて偶然に出会います。このシリーズの作品はほかに二作あるようです（いずれも未訳）。

訳者は『誰もがポオを読んでいた』の訳出も担当しました。この作品の発表は一九四四年、つまり第二次世界大戦のさなかという時期でしたが、時代を感じる訳文にならないのが翻訳作業を進めるなかでの悩みでした。作品中、古さを思わせる描写はほとんどなく（電話交換手くらい）、舞台が大学で、登場人物が大学院に所属する学生たちという設定だったため、若者らしい軽快なノリを出そうとした結果、あたかも現代の出来事のような印象になってしまいました。また、物語は学園ドラマのようにテンポよく進むため、読者に読みごたえを感じてもらえないのではないかという不安もありました。

さて、今回は、アマチュア小説家の同好会で起こった事件です。発表は前述のとおり一九四〇年、登場人物は文筆に携わる、もしくは小説家を目指す男女で、前回とは違い落ち着きのある大人たちにちがいないと思ったのですが……。機会さえあれば噂話に花を咲かせたり、仲間の陰口を言ってみたり、警察官の目を盗んで探偵まがいのことをしてみたりと、今回も（もしかしたら前回以上に）ノリは軽く、やはり、このまま青春ドラマにできそうです――ドタバタの場面あり、コメディの要素あり、ロマンスもちょっぴり盛り込まれ、しんみりする場面もあって。石油ランプ、タイプライター、みながやたらと吸うタバコなどに時代は感じるものの、訳出にあたっては会話を時代がかったものにすれば、本来のノリが損なわれてしまう気がして、両者を両立させられず訳者の力量不足を痛感しながら、ノリを優先しました。

一九四〇年代の雰囲気を表現できなかったことについてはお許しいただきたいのですが、これらの作品の「軽さ」には理由があります。詳しい理由については、『誰もがポオを読んでいた』の解説「貸本系アメリカンB級ミステリの女王」をぜひお読みください。日本で未訳だったロングの作品の紹介者である幻ミステリ研究家、絵夢恵氏が筆を執ってくださっています。要約して述べさせていただくと、一九三〇年代から四〇年代のアメリカでは大衆娯楽として通俗小説を安価で貸し出す貸本が流行し、ロングはその書き手の第一人者だった、つまり、誰もが気軽に手に取り、難しいことを考えずにページをめくってハラハラドキドキが味わえるのを狙った作品を量産していたのです。日本で例えれば、一九八〇年代の西村京太郎、山村美紗、内田康夫、斎藤栄のノベルズ作品のイメージでしょうか。毎週末、近所の貸本屋に行くことを楽しみにしていた人たちがいたにちがいありません。ロングは短編SF小説に始まり、長編ミステリ、詩といった分野で、生涯にわたって作品を残してきました。大衆が求めた作品を、豊かな知識を散りばめながら創作する、そうしたロングの才能が本作品からは感じられる気がします。貸本文化という時代背景を反映した興味深い一冊として本書をお読みいただければ幸いです。

そのように大衆の心をつかむためか、本作品には少々オカルト的な要素も含まれます。〝白い服の女〟です。読者の想像に委ねるべきところですが、必要のない憶測をあえて述べさせていただくと、舞台となる古い屋敷で、かつて非業の死を遂げた〝白い服の女〟の亡霊が事件を操り、見えない力で登場人物を一人ずつ死の世界へ招き入れたといったところでしょうか。

本作品の底本は、『誰もがポオを読んでいた』を訳し終えたあと、アメリカ旅行をしたさいにニューメキシコ州の古書店で見つけたものでした。アメリカでは、地元の作家だけを扱う一角を設けるなどの、地域色の強い個人経営の書店をときどき見かけます。そうしたなか、中西部の小さな書店の積み重ねられた古書の中から東海岸ペンシルバニアの作家の作品を見つけることができたのは、「わたしを日本に連れていって」と〝白い服の女〟か、いや、ロングの亡霊か、見えない力が働いたのかもしれないと、オカルト好きと言えないこともない訳者はこじつけてみたくなったりしています（本書との出会いの場になってくれたアルバカーキのDowntown Booksに感謝）。

見えない力による出会いを感じながらアメリカから大切に持って帰ってきた古書を、「論創海外ミステリ」の一冊に加えることを快く承諾してくださった論創社の黒田明氏にお礼を申し上げます。

読者がより楽しめるよう本作品を鋭く解説してくださった浜田知明氏、ゲラを丹念に校正してくださった内藤三津子氏と平岩実和子氏にお礼を申し上げます。

また、貴重な出版翻訳の機会を与えてくださるとともに、翻訳の指導もしてくださる英文学者の井伊順彦先生にお礼を申し上げます。

最後に、集まれば〈羽根ペン〉倶楽部に負けず劣らず盛大におしゃべり大会を始めるとしても（陰口はいっさいありませんが）、例外なく知識と刺激を与えてくれる「ＮＣＴＧ翻訳勉強会」のみなさんにもお礼を申し上げます。

二〇二一年二月

B級アメリカン・ミステリの女王による「端正な」謎解き

浜田知明（元「ROM」会員）

本書は、この作者の邦訳としては、『誰もがポオを読んでいた』（論創海外ミステリ186）、『死者はふたたび』（同194）に続く三作め、『誰もがポオを読んでいた』のシリーズ・キャラタクー、検察局の犯罪学者エドワード・トリローニーと女流探偵作家ピーター・パイパーのコンビによる第一作にあたる（原書と訳者との僥倖とも言える出会いについては「訳者あとがき」を参照のこと）。

そして「B級アメリカン・ミステリの女王」といった称号（?）がもったいないくらいの「端正な」本格ミステリでもある。

ただし、発表時の読者層や（それに伴うであろう）全体の長さの制約などから、読むにあたってはいささか気にとめておく点がある。過度な期待や深読みは、本作の魅力をかえって損なってしまう恐れがあるからだ。

そこで、ここでは、予め警告めいたことをいくつか書いておくので、作者の作風を理解している方は、即本文に取りかかっていただけばよし、最低限の予備知識があった方がいいとお考えの方は、●の文だけを拾い読みしてから本文へ、ネタばらし気味の解説（ただし、真相には触れないように配慮はしてある）も気にならないという方は、そのままお読みいただければと思う。

●副次的な謎は、早い段階で次々と、ストーリーの流れの中で解かれてしまう。
本作は、積み上げられた謎が、結末で一気に解かれるようなタイプのミステリではない。冒頭で語られる「中傷の手紙」の書き手は早くも第五章で判明する（A・E・W・メースンの『矢の家』のように、それが重要な謎だと考えてはいけない）。

第一章に書かれ、第五章にもある〝白い服の女〟が解かれるのは第六章。いささか拍子抜けのする解決だが（これを予想するためには、第三章で語られる部屋割りを簡単な表にでもして把握しておく必要がある）、作者はそれを承知であっさり解いてしまっているのだろう。訳者が「あとがき」で残念がっているように、〝白い服の女〟のすべてに関する根本的な解決ではないのだが、ここで重要なのは雑用係の黒人少女がそれに怯えていたことで、最後に明かされる謎を構成する一要素となっていく。

同じく第一章、二年前の、アマチュア文筆家会員の自殺の原因が判明するのは第十五章で、これは第六章で予想されていたとおり。

田園の邸宅に文筆家が集まって、というと、坂口安吾の『不連続殺人事件』が連想されるかもしれないが、作者の的確な描き分けによって、その区別は読み進む中でついてくる（男言葉の女性がもう一人いるが）。海外小説に付きものの愛称については、冒頭の主要登場人物一覧表が助けになる。
●解決は、いかにもな人物による、いかにもな理由に基づく行動だったと明かされる。

●目撃者の証言や当事者の告白は、すべて「真実」。

　このように、「途中で解かれる謎」は、ほぼ予想どおりの展開で、なおかつ曖昧さの残る「証言」や「告白」といった形でもたらされる。が、そこで「他の可能性」などにこだわっていては、本作の面白さを損なってしまう。

　例えば、第一章で会員二人の名が挙げられて、「わたし」＝ピーターが事件について書き始めたことになっているが、ここからはこの二人は犯人でもなく、また事件の最中に殺されることもないことが分かる。「わたし」が犯人や被害者から、その思いを託されて筆を執っているのだったという「叙述トリック」や、この「手記」（公刊を意図して書いているのだから「回想記録」というべきか）は、書き始めの時点における「真実」（とされるもの）に基づいて書き進められており、物語の内容が執筆開始の時点にまで達したところで、そこからさらなる展開を迎えるような「二重底解決」のミステリも存在しようが、本作はそういった「仕掛け」とは無縁なのだ。

　また、「あいまいにしか残っていない」と書かれる第八章の、事件当夜における「わたし」の記憶にしても、最後の真相にきちんと符合するものになっている。

　作者の特長として「見立て殺人」があるとの予備知識がある読者は、倶楽部のメンバーが次々に殺されて、被害者＝中傷の出所となったその人物の胸に、中傷された人物を象徴する花が置かれる展開（第四章、第八章、第九章）を予想したくなるかもしれないが、これは先述したとおり、いかにもな人物による、いかにもな理由に基づく行為だったとして決着がつく（第一五章）。過度な期待は禁物という所以である。

●事件に関するデータは、必要にして十分なことしか書かれていない。

例えば、第一〇章では、巡査部長によって、事件当夜の各人の動向に関する訊き取り捜査が行われたはずなのだが、(古典的な本格ミステリとは違い) その証言の詳細は明かされない。自殺として処理したがっている「わたし」が (第一四章)、各人の動向を調べようとしないのには必然性があるが、先述したように本作は「回想記録」なのだから、「後になってわかったことだが」として、その結果を差し込むことは充分可能なのだ。

これは、作中の探偵小説作家である「わたし」=作者が、最終的な解決には、そういった煩雑なデータは必要ないとして筆を執っているのだということでもある。

逆に、死亡推定時刻 (第一〇章) や、薬物量 (第一二章、第一三章) といった捜査情報は、もちろん最終的な解決に不可欠なデータになる (第一五章で死亡推定時刻が揺るがされるが、あまり気にかけなくてもいい)。

と、こう書いていくと、意外な展開もなく、ストーリーが進むにつれて解決がもたらされるだけで、「端正」な本格とは思えないかもしれない。が、最後まで読むと、途中で明かされてきた諸々のどれもが、実は最終的な解決につながる状況を構成するのに不可欠な要素だったことが分かってくる。この最終的な解決は、よほどのスレたマニアでなければ、「そういう手があったか!」と思わせるだけのものになっている。第一四章で検討される不可解状況、第一七章でトリローニーが語る解決への見通しから、真相を看破することは可能なのだが、作者は巧みにそこで深入りすることを避けてもいる。

決定的な証拠ともいうべきものは第一八章にあって、これは鮎川哲也氏と田中潤司氏との対談（パシフィカ・名探偵読本4『エラリイ・クリーンとそのライヴァルたち』）で、「一番使いやすい」が「効果的」だと言われてもいたものだ。


最後に、シリーズものなので、二人のキャラクターの属性を記しておく。

○キャサリン・〝ピーター〟・パイパー
探偵小説作家（第六章）。アマチュア文筆家による〈羽根ペン〉倶楽部の会員だが（第一章）、著述によって収入を得ている（第四章）。

比喩の中に、小説、映画、漫画などの題名が飛び交う才気煥発な女性。フランケンシュタインではなく「造った怪物」という辺り（第一〇章）、底の浅い知識ではなく、またそれをひけらかすわけでもないところには好感が持てる。ミステリ関係では、アーサー・コナン・ドイル（第一一章）、エラリー・クイーン（第一三）が引き合いに出される（ドイル絡みで挙げられたタバコの件は、最終的な解決を補強する手がかりとなる。第一四章）。

探偵小説作家らしく、実際の事件に臨んだ際には推理もする（第八章、第一六章）。タバコはラッキーストライク（第六章）。

S・S・ヴァン・ダインの『グリーン家殺人事件』のシーベラの末裔といった印象だが、倶楽部内代を感じさせる。

は女性の喫煙者が多いという辺りに（第四章）、古典的世界と、嫌煙が常態化した現代との狭間の時代を感じさせる。

○エドワード・トリローニー

フィラデルフィア郡在住の犯罪学者（第六章）。長身痩軀、真っ赤な髪（同）。強烈な臭いのパイプを吸う（同）。血を見るのを嫌がる（第八章）。

アイルラインド人（第一九章）。

ヴァン・ダインの「探偵小説二十則」を真に受けた一九三〇年代のアメリカ本格作家たち（ロジャー・スカーレット、C・D・キング、ルーファス・キング、ヒュー・オースチン）らのように、探偵役に強烈な個性が感じられないのが残念ではあるが、シリーズの進展にともなって、このキャラクターの属性にも追加がされていくことだろう。

この作者に接するのは本作が初めてという方は、まずは邦訳第一作の『誰もがポオを読んでいた』を手に取っていただきたい。

〔著者〕

アメリア・レイノルズ・ロング

別名義にパトリック・レイン、エイドリアン・レイノルズ、カスリーン・バディントン・コックス。1904年、アメリカ、ペンシルバニア州生まれ。1930年代にパルプ雑誌へ短編SFを発表し、やがて長編ミステリの筆も執るようになる。精力的な作家活動を展開するも、52年発表の“The Round Table Murders”を最後にミステリの執筆を終え、以後は作詩と教科書編纂に専念。1978年死去。

〔訳者〕

赤星美樹（あかぼし・みき）

明治大学文学部文学科卒。一般教養書を中心に翻訳協力多数。訳書に『誰もがポオを読んでいた』（論創社）、共訳書に『葬儀屋の次の仕事』、『眺海の館』（ともに論創社）がある。

〈羽根ペン〉倶楽部の奇妙な事件

——論創海外ミステリ　263

2021年4月1日　初版第1刷印刷
2021年4月10日　初版第1刷発行

著　者　アメリア・レイノルズ・ロング
訳　者　赤星美樹
装　丁　奥定泰之
発行人　森下紀夫
発行所　論 創 社

〒101-0051　東京都千代田区神田神保町2-23　北井ビル
TEL:03-3264-5254　FAX:03-3264-5232　振替口座 00160-1-155266
WEB:http://www.ronso.co.jp

組版　フレックスアート
印刷・製本　中央精版印刷

ISBN978-4-8460-1979-2
落丁・乱丁本はお取り替えいたします

論 創 社

怪力男デクノボーの秘密◉フランク・グルーバー

論創海外ミステリ256　サムの怪力とジョニーの叡智が全米No.1コミックに隠された秘密を暴く！　業界の暗部に近づく凸凹コンビを窮地へと追い込む怪しい男たちの正体とは……。　本体2500円

踊る白馬の秘密◉メアリー・スチュアート

論創海外ミステリ257　映画「メアリと魔女の花」の原作者として知られる女流作家がオーストリアを舞台に描くロマンスとサスペンス。知られざる傑作が待望の完訳でよみがえる！　本体2800円

モンタギュー・エッグ氏の事件簿◉メアリー・スチュアート

論創海外ミステリ258　英国ドロシー・L・セイヤーズ協会事務局長ジャスミン・シメオネ氏推薦！「収録作品はセイヤーズの短篇のなかでも選りすぐり。私はこの一書を強くお勧めします」　本体2800円

脱獄王ヴィドックの華麗なる転身◉ヴァルター・ハンゼン

論創海外ミステリ259　無実の罪で投獄された男を“世紀の脱獄王”から“犯罪捜査学の父”に変えた数奇なる運命！　世界初の私立探偵フランソワ・ヴィドックの伝記小説。　本体2800円

帽子蒐集狂事件 高木彬光翻訳セレクション◉J・D・カー他

論創海外ミステリ260　高木彬光生誕100周年記念出版！「海外探偵小説の“翻訳”という高木さんの知られざる偉業をまとめた本書の刊行を心から寿ぎたい」―探偵作家・松下研三　本体3800円

知られたくなかった男◉クリフォード・ウィッティング

論創海外ミステリ261　クリスマス・キャロルの響く小さな町を襲った怪事件。井戸から発見された死体が秘密の扉を静かに開く……。奇抜な着想と複雑な謎が織りなす推理のアラベスク！　本体3400円

ロンリーハート・4122◉コリン・ワトソン

論創海外ミステリ262　孤独な女性の結婚願望を踏みにじる悪意……。〈フラックス・バラ・クロニクル〉のターニングポイントにして、英国推理作家協会賞ゴールド・ダガー賞候補作の邦訳！　本体2400円

好評発売中